Presented by **Yuki Hyuga**

with Tsubasa Myohjin

誓約の夜に抱かれて

CROSS NOVELS

日向唯稀

NOVEL:Yuki Hyuga

明神 翼

ILLUST:Tsubasa Myohjin

CROSS NOVELS

CONTENTS

CROSS NOVELS

CONTENTS

誓約の夜に抱かれて

Presented by
Yuki Hyuga
with
Tsubasa Myohjin

日向唯稀

Illustration
明神　翼

CROSS NOVELS

1

灼熱《しゃくねつ》の太陽が降り注ぐ黄砂の世界。

そのオアシスに悠然と建つ宮殿に、富と栄光を思い描いたのはいつの頃だろう。

古《いにしえ》の時代から「砂漠の王」「石油王」などと呼ばれる首長たちは、今や海水を真水に変え、超高層ビルが建ち並ぶ観光地を作り上げて、地上を見下ろしながら暮らしている。

しかし、そんな優雅な生活にさえ、

〝飽きた。誰かもっとこう、俺の愉《たの》しめるネバーランドを造ってくれ〟

――と言い放ち、市街地の砂漠に遊技場付きのアラブ・ノルマン様式宮殿を建てさせた、男がいた。中東の石油産業で莫大な財を成した一族の一つ、マンスール家の三男にして、類《たぐ》い稀《まれ》な商運の持ち主であり、さらには商魂たくましい側近部下を十指では足りないほど抱えて、今この瞬間さえも資産を増やし続けている世界的な大富豪、若干三十三歳のアフマド・ハビブ・ムスタファー・ジャバード・マフムード・マンスールだ。

遠く日本より派遣されて勤める香山配膳《かやまはいぜん》登録員・菖蒲誠《あやめまこと》の雇い主でもある。

「月が綺麗ですね」

その日、菖蒲はハビブとともに、今やたまに立ち寄るだけの別宅と化した、超高層ビルの最上階にいた。世界で一番夜空に近い部屋から外を眺めて、円《つぶ》らな瞳をいっそう輝かせている。

「――ん？」

澄んだ冬の空に浮かんだそれは、どこで見るよりも大きく、また美しい真円を描いていた。

「今夜は満月のようですよ。ほら、とても綺麗でしょう」

「菖蒲」

ただ、こんな月は、ときとして人を狂わせるのだろうか？

真っ白な民族衣装に身を包んだ男が胸まで伸びた金糸を揺らすと、窓際に立つ菖蒲を迷うことなく背後から抱きすくめてきた。それも驚くほど力強くだ。

「……ハビブ様？」

「お前は常に奥ゆかしいな。真面目で控えめで、仕事に忠実で。けど、俺でなかったら気がつかないところだぞ」

振り返る間もなく首元に顔を埋《うず》められ、音を立てて口づけられた。

一際心臓が跳ねたところで、その唇は首筋をすりあがり、頬《ほお》で止まる。

改めてチュッとキスをされる。

「な……、なんのことでしょうか？」

「誤魔化《ごまか》さなくていい。お前の気持ちはわかった。俺はその思いに応えるだけだ」

「ちょっと待ってください……っ」

何もかもが唐突すぎて、困惑するしかない。

「いい主《あるじ》だろう。いや、今夜の主はお前だな。俺はただの男――、恋の奴隷だ」

「ハビブ様っ！」

だが、いきなりおかしくなった彼の言動に、純粋にときめく自分がどこかにいる。

それを否定できないことが、菖蒲にとってはさらなる混乱を招いて、怖さに全身が震え始める。

「愛している、菖蒲」

「どうしたんですか？　いきな……んっ！」

身を捩《よじ》り懸命に逃れようとする菖蒲の顔を覗きこみ、彼が唇を塞いでくる。

また心臓が跳ねた。

奪うという表現がこれほどピタリと嵌《は》まるキスなど、菖蒲は知らない。経験がない。

「んんっ……っ」

重なる唇の感触が、いつしか濡れた舌の感触になる。閉じていた唇が強引にこじ開けられて、歯列を割られたときには、逃げ惑う舌を搦《から》め捕《と》られていた。

（ハビブ様……っ）

——どうして？　なぜこんなことを!?

そう思うより先に、急速に火照《ほて》る身体に支配される。

それを理解しているのか、菖蒲を拘束していた力強い抱擁が解かれると、彼の手が前身を弄《いじ》り始める。漆黒の上着から潜り込んだ右手は左の胸を弄り、下肢へ伸びた左手は動揺が隠せない菖蒲自身を握り込んできた。

——あっ。と、意図せず甘い吐息が漏れる。

「だめっ……っ。いや、触らないでください！」

いっそう身を捩るも、目の前は壁一面に張られた強化ガラス。夜空の月も、地上に煌《きら》めく宝石の明かりも一望できるが逃げ場はない。

「可愛いな。どこもかしこも、こんなに震えて……、菖蒲はなんて可愛いんだ。それに、こんなに初心《うぶ》で――」

過敏に反応する胸と下肢の突起に、彼が悦《よろこ》んでいるのがわかる。

感情はどうあれ、身体は逆らえないことまで見抜かれているようだ。

いたずらに胸の突起をキュッと摘《つ》ままれ、菖蒲が啼《な》くように「あっ」と喘ぎ声を漏らす。

痛い――と発したつもりなのに、どうして？　と、頬が赤らむ顔を大きく振る。

「よしてくださ……っ。可愛いって……、童顔を気にしてる俺への嫌みですか？」

「どうしてそんなふうにとる？　俺はただ素直に、思ったことを口にしたまでだ。この円らな瞳も、マシュマロのような頬も、ベビーフェイスとはよく言ったものだ。柔らかくて、可愛くて、愛おしくてたまらない」

必死で気を逸らそうとするも、ハビブからの執拗な愛撫が止まらない。

むしろ、菖蒲が拒めば拒むほど、下肢への手の動きが増してくるような気がした。

また、それが心地好くて、菖蒲はなおも身体を捩り続ける。

主とこんなことは許されない、駄目だとわかっているのに、それに反して身体ばかりが反応してしまう。

「本当。菖蒲は可愛いよ、身も心も――、可愛くて……、可愛くて、たまらない」

息が弾み、声色に艶《つや》が増したとき、彼の手が一瞬自身から離れた。

(いや……っ)

――もっとして！

今まで秘めていた欲望が露わになったと同時に、彼の手が菖蒲のズボンの前を寛げた。

妨げをなくしたそこに彼の手が潜り込む。直に握られ、亀頭を撫でられ、いっそう強くなった刺激に身も心も奪われる。

「あっ……っ！　駄目ですっ、ハビブ様っ！」

巧みな手淫に誘《いざな》われ、拒みきれない身体が無意識のうちに揺れ始めて、いつしか菖蒲はガラス窓に両手をついて頬を寄せた。

(でも、もう少し……。もう少しで……っ)

全身が震えて、身体を支えていた力とともに、一気に快感が抜けていく。

(ああ――っ)

＊＊＊

ＰＰＰ……。ＰＰＰ……と、枕元でスマートフォンに設定しているアラームが鳴った。

「ぁ――ん、ひっ⁉」

それよりも、甘みをおびた自分の悲鳴が、熟睡していた菖蒲を驚かせた。

勢いづけて上体を起こすと、全身が妙に火照っている。

「夢か――。いや、もう……。悪夢そのものだ」

思わず両手で赤らんだ頬を覆った。

よりにもよって同性の主との情事を夢に見るなど、どうかしているでは済まされない。

「参った。って、もうこんな時間⁉　まずい！　起きなきゃ。そして迎えに行かなきゃ！」

しかし、アラームはすでに幾度か鳴って菖蒲を起こしていたのか、予定の起床時刻から三十分が過ぎていた。それを見たら、反省も動揺もしていられない。

菖蒲は慌ててベッドを下りて、そのままバスルームへ飛び込んだ。急いでパジャマを脱ぎ捨て、シャワーを浴びて、洗顔から歯磨きまでを一気に済ませる。この間、五分だ。

「あーっ。ハビブ様、ちゃんと起きているといいな。絶対まだ寝ている気がするけど、起きていてほしいよ！」

その後は白のワイシャツに黒のズボン、黒のベストに黒のクロス帯、靴下を身に着け、髪の毛先の濡れはムースで誤魔化し、スマートフォンを手に自室を飛び出した。

（朝食――、摂る暇あるかな？）

校舎にあるような長い廊下を猛進するも、本来ならば給仕長として籍を置く自分が、どうして起きていの一番に彼のもとへ向かわなければならないのかと、奥歯を噛《か》む。

だが、理由は明確だ。

（あああっ！　どうしてあの夜、夏目漱石《なつめそうせき》に気付けなかったんだ！　俺が〝月が綺麗ですね《アイラブユー》〟なんて言わなければ、語学雑学が堪能《たんのう》なハビブ様に変な誤解をされずに済んだのに！　しかも、来る者拒まずの博愛精神なのか、勘違いされて迫られたところで、黒帯の性《さが》で背負い投げなんて決めなければ、せいぜいチューされたくらいの被害ですんで……。よりによって、利き腕を骨折させることなんてなかったのに、本当にいろいろ有り得ない！　無自覚に誘った挙げ句に拒んで骨折させた加害者とか。示談で済んだとはいえ、俺の人生真っ暗だ！　その上〝お詫《わ》びは身の回りの世話でいいよ〟なんて言われるまま働くうちに、本来の担当者たちがバタバタと辞めていって、こうなったのも俺のせいって――、意味がわからない！　全部許してやるし、給料もアップするから、そのままお世話係兼執事と秘書もやってくれって、何がどうしたらそうなる⁉　こんな、横浜アリーナに匹敵する延床面積の宮殿給仕長をするだけでも大変なのに！　なんで恋人いない歴イコール年の数の俺が、十代の頃から三日に一度はハーレムへ通うのが当然っていう、斜め上に桁違いなリア充の送り迎えまでしなきゃならないんだ！　いくらなんでも全部押しつけすぎだろう？　というか、もう日本に帰りたい。今月の更新で絶対に派遣契約終了させて離職してやるっ！）

自業自得というよりは、運が悪いの一言に尽きた。

（だいたい、これだけ愚痴《ぐち》っててもまだ着かないって、屋敷が広いにもほどがある！）

そもそも香山配膳に、海外個人宅への住み込み派遣などない。

それが今から一年前の秋。ここで給仕長をしていた自分の父親が、定年退職を機に帰国が決定。「代わりが見つかるまでの間、繋《つな》ぎをしてくれないか。年内だけでもいいから」と言ってきたので、それならば――と引き受けたのが、ことの始まりだ。

そのときは長くても年内まで、二ヶ月間くらいだろうと思っていた。

しかも、ハビブと香山配膳の社長である香山《かやま》晃《あきら》や専務の中津川《なかつがわ》啓《けい》と昔からの知り合いだったこともあり、「それなら香山経由の派遣で来てもらってＯＫ」となったので、むしろラッキーだと喜んでいた。そうでなければ、いったん事務所を休業して手伝いに来なければならなかったからだ。

ただ、その繋ぎの終了前に、この「満月の誤解・背負い投げ事件」は起こった。

最初はお詫び奉仕のつもりが、ハビブの骨折が治っても要求が続き、バレンタインの頃には契約内容が仕事増し増しで変更された。

しかも、こうなるとハビブから頼まれる仕事は増えていく一方で、今ではベッドを別にする以外は、ほとんど一緒だ。この上、今朝の夢のように睡眠中まで害をもたらされた日には、菖蒲のストレスは増えることがあっても、減ることがない。

特に最近つらさを感じ始めたのが、彼の情人たちの住処《すみか》であるハーレム通いだ。

菖蒲は、奥歯を噛みしめて入り口へ立ち、掌を何度か握り開いてから、呼び鈴を鳴らす。

「おはようございます。菖蒲です。主のお迎えに上がりました。昨夜のうちに、今朝は時間厳守でとお願いいたしましたが、もちろんご準備は整われていますよね。さ、ハビブ様をここへ」

できることなら、ここでハビブに出てきてほしかった。

菖蒲は満面の営業用スマイルを炸裂《さくれつ》する。

「おはよう〜、菖蒲ちゃん。ごめんね〜。ハビブ様はまだベッドの中よ。無理に起こしたら、私たちが怒られちゃうから許して～っ」

「――というか。私たちが起こしたら、そこからすることなんて一つしかないでしょう。だから、あえて起こさないのよ。これは菖蒲ちゃんの時短のための心遣《こころづか》いだから」

「ささ！　遠慮せずに入って、ハビブ様を起こして差し上げて。男性は立ち入り禁止のハーレムだけど、菖蒲ちゃんは特別よ。私たちはこれから寝るから、あとはよろしくお願いね～っ」

あえなく撃沈。

菖蒲は、怠《だる》そうに欠伸《あくび》をする美女たちに中へと引き込まれて、本当にあとはよろしくで廊下に放置されてしまう。仕方なく、奥の寝室へ向かう。

（くっそぉ！　今日もかよ!!　というか、これは俺の仕事じゃないだろう！　テリトリー内の責任くらい取ってくれよ！　自分たちの大事な旦那様だろう？）

宮殿の母屋から渡り廊下で行き来をする彼専用のハーレムは、別名・砂漠の竜宮城《りゅうぐうじょう》。

菖蒲から見ると現代の大奥だが、不思議なくらいここで暮らす美女同士は和気藹々《わきあいあい》としていて仲がいい。誰が彼の本妻になるのかというよりは、ここから本妻が出ることはない。本妻は、別枠で迎えることになるはず――と、割りきっているのだろう。

しかも、彼女たちはハーレムに入った段階で、自分と家族の生活が孫の代まで保証されている。

この安心感は、常に笑顔で機嫌良く、主を迎え入れては酒池肉林のアラビアンナイトを過ごさせる原動力となっているのだろう。

それだけに、本当にイチャイチャだけしやがって！　と腹が立つ。

（だいたい何が遠慮せずに、菖蒲ちゃんは特別よ～だ。それって単に、俺に対して危機感がないというか、男として見てないってことだろう！　俺は確かに童顔かもしれないが、宦官《かんがん》じゃないんだぞ。他人様のものに手を出そうなんて思わないし、そもそもあんな美女たちに迫るなんて気後れして無理だけど、それにしたって少しくらいは警戒してくれたって。ふんっ！）

　すでに三十代に突入している菖蒲からすると、この美女たちからの安全パイ扱いにも、細《ささ》やかながら傷ついていた。

　こうした他人からの扱いは今に始まったことではないが、だからこそ菖蒲は社会に出てから仕事だけは成人男子として誇れるよう、また認められるようにと努めてきた。

　それなのに、そこを最大に評価された結果がハビブ専用の何でも屋では、泣くに泣けない。

　菖蒲のノックにも反応しないハビブは、どんな夢を見ているのか、まだベッドで熟睡中だ。

「失礼いたします。ハビブ様、菖蒲です」

　それにしても、砂漠の民を守護する太陽神は、いったいどれほど彼を愛したのか、ハビブは性別問わず、他人を惹《ひ》きつける容姿の持ち主だ。世話をするまではさして気にもとめていなかったが、一度気になるとずっと気になるようなヴィジュアルとはまさに彼の姿だ。

（――中肉長身で、しなやかなネコ科の獣《けもの》を思わせるセクシーボディ。淡い褐色の肌に映《は》える端整なマスクに、輝く双眸はまるで魔性の宝石《エメラルド》。スッと伸びた鼻筋は嫌みなく、形のよい唇は軽快なトークで人の心を和《なご》ませて――。明かりを受けて煌めきを放つ黄金の長髪を靡《なび》かせ、真っ白な民族衣装《カンドゥーラ》に身を包んで、白いスカーフ《グドラ》をターバンのように巻けば、もはや誰もが認めるアラビアンナイトの王子様。それも頭の先から爪の先までもが整った極上の……）

放っておいても彼のハーレムには、世界中から美女が名乗りをあげて集まってくる。

そのくせ、自分から迫った相手にはことごとくフラれて失恋するらしいが、聞けば既婚者、恋人持ち、他の誰かに片思い中などの相手ばかりに惹かれるらしく、菖蒲からすればそりゃフラれて当然だ。ハビブに靡かないのは、その相手の人間性ができているというだけで、そのハードルの高さに食指《しょくし》が動くから惨敗《ざんぱい》なのだ。

〝えっと……その。どうしてもっと成就しそうな方をお好きにならないのですか？　性別や人柄はさておき、相手に配偶者がいるかとか恋愛状況とかって、わかっているんですよね？〟

とはいえ、さすがに不思議で聞いたことがある。

〝俺は障害があるほど燃えるタイプみたいだ。というか、最初から相思相愛とわかりきった恋はないし、そもそも恋とも言わないだろう？　片思いの相手をどうやって攻略するのかが、恋の醍醐味《だいごみ》だ。好きになって求めたら必ず貰えるのは愛であって、恋じゃない〟

そう言われるとそうかも知れないが、菖蒲は（――ああ、だから失恋をしてもまったくめげないのか）と悟った。それはそうだ。彼は愛に枯渇《こかつ》したことがない。そもそも、生まれながらになんでも持っていすぎるから、〝失うこと〟自体に変な価値を見出すのだ。

あえて難攻不落な相手を目指し、撃沈することに刺激や快感を覚え、そして懲《こ》りることなく繰り返す。まるでゲーム感覚で〝恋する自分〟を楽しみ、満足するのが癖になっているから、一目惚れから失恋までがワンセットになるのだろう――と。

それが証拠に、どんなにフラれてきたとしても、彼には愛情と欲望いっぱいでお帰りなさいをしてくれるハーレムがある。そのうちすべてを承知し理解できる同価値観の人間が現れれば、本妻も何人か娶《めと》って、死ぬまで彼は勝ち組を爆走だろう。

そう考えると、どうして彼が菖蒲の「月が」発言を告白と勘違いし、受け入れたのかがわからない。彼にはどこの誰より「断る権利」もあったはずだ。

ただ、あの日のハビブはお酒が入っていて、別宅にはハーレムがなかった。その場しのぎの妥協だったのかもしれない。

なので、ここはスルー推奨だ。それができなければ退くまでという話だ。

（やっぱり、背負い投げて正解だった。あのまま間違いを犯していたら、正気でいられない。何もなくても、いつの間にか、彼は俺を魅了していた。以前は彼女たちを見ても、こんなふうには感じなかった。心地好く眠る彼を起こすのも、情事の名残《なごり》を感じるのも、それらが悪夢を見せてくるのも、苦痛ではなかったもんな——）

菖蒲がここで契約をしてから、かれこれ一年が経っていた。

特にここ半年は、行きがかりとはいえ側にいすぎた。特別な情が湧いても仕方がない。

（もうこれ以上契約の更新をしなければいいだけだ。それで俺は悪夢からも解放される）

時期としてはちょうどいい。菖蒲は、心の中で「よし！」と気合いを入れ直す。

「おはようございます。ハビブ様。そろそろ起床のお時間です。本日はお客様がおいでになる予定もありますので、どうぞ今のうちからご準備を——ハビブ様！」

間近で声をかけても瞼《まぶた》を開く様子がないのであれば、実力行使に出るまでだ。

菖蒲はシルクの上掛けを力尽くで引っ張る。このあとに続く仕事は山ほどあり、まずは彼の起床を十五分以内で片付けたかったからだ。

「ん～っ。まだ眠いって」

「そうだとしても、速やかに起きてご準備ください。二十四時間適温管理のジェットバスが待ってますよ。ハビブ様はここから抜け出し、湯船に身を沈めるだけで、爽快《そうかい》な目覚めが得られるんです。ほら、さっさと起きましょう！」

だが、ハビブは上掛けを抱えて抵抗してきた。

いい大人が、まるで母親に起床を促される子供のようだ。

「いやだ～。まだ寝る～。そんなに引っぱるなよ。それとも菖蒲は、俺の裸が見たいのか？　そろそろ抱かれたくなってきたんだろう。この俺に」

しかも、ハビブはわざとらしく薄目を開くと、菖蒲を見上げて誘うように微笑んできた。

最近では、こうして余計な手をかけさせることが、彼にとっては起き抜け一番の遊びであり、すでに日課となっている。

だが、菖蒲には付き合う時間もなければ、これに同調して愉しめる趣味も余裕もない。魔性《ましょう》の瞳を真っ向から受け流したあとは、全力で上掛けを剝《は》ぎ取るだけだ。

「どうでもいいので、おふざけはなしでお願いします」

「――っ、菖蒲‼」

当然、キングサイズのベッド上には、少しふて腐れた裸体の男だけが残る。

真っ白なシルクのシーツに淡い褐色の肌、そして長い金糸のコントラストは、まるで絵画か彫刻でも見るようだ。適当に寝転んでいるだけの姿が芸術的かつグラビアすぎて、もはやときめくよりも感心してしまう。

また、そうとでも思っておかなければ、菖蒲の業務が滞る。

「はっきり申し上げて、見飽きました。早くバスに浸かって目を覚ましてください。寝ぼけた顔をなさっていたら、マリウス様に笑われますよ。本日は、クレイグ様やフォール様たちといったご親友方も揃うのでしょう。あいにく、魁《かい》様はお見えになれないようですが」

「本当にはっきり言うな、菖蒲は。というか、そこまで俺の裸なんてどうでもいいって言い方するのはどうなんだ。背負い投げされるより自信をなくすじゃないか」

ただ、菖蒲に「見飽きた」と言わせせるほど何度も裸体を晒《さら》しているだけあり、ハビブは上掛けを取られたところで、何一つ慌てる素振りを見せなかった。

それどころか、寝乱れた金糸をかき上げながら、怠そうにベッドから下りてくる。

起き抜けで半ば勃《なか》ち上がった自身さえ、隠すことなく堂々としたものだ。普通に考えればセクハラだが、彼の世話自体が世間一般の仕事とは異なるので、言ったところで始まらない。

ましてやこれが彼の日常であって、幼少の頃からこうした生活はまったく変わっていないらしいので、当然本人にも特別な意図やセックスアピールのつもりはない。

そこはもう、菖蒲も理解済みだ。

（文化の違い。文化の違い。文化の……いや、それは同文化圏の方々に失礼だな。これは単に、生まれてから他人に世話をさせるのが当たり前で、自分で身体を洗ったことがあるのも数えるほどしかないような男の特殊な事情だ）

しかし、生理現象とはいえ、さすがに直視はできない。

これだけは、見慣れるのもどうかと思う。

菖蒲は取り上げた上掛けを抱えながら背を向け、ハビブをバスタブへ誘導した。途中、洗面台に用意していたバスローブを確認する振りをしながら、不自然にならないように視線も逸らす。

「では〝きゃっ〟とでも声を上げれば、満足ですか？　そもそも、そうした反応を私に求めるのは、お門違《かどちが》いだと思いま――――っ⁉」

だが、それらに手が触れたときだった。

菖蒲は突然背後から抱き締められて、抱えていた上掛けとともにバスローブを落とした。

（……爽やかな陽の匂い）

ハビブの腕が、身体が、菖蒲をすっぽりと包み込む。

全裸の男に抱きつかれたら、普通は悲鳴が上がるし、鳥肌も立つだろう。

だが、何度でもこれにドキリとしてしまうのは、相手がハビブだからだ。

菖蒲にとっては、今朝の悪夢以上に厄介だ。

今にも膝から頽《くずお》れそうになる。

「ちょっと照れるくらいしてくれてもいいじゃないか。それを、見飽きたってなんだよ、見飽きたって。つれないな〜、菖蒲は」

我が物顔で菖蒲を拘束、頬と頬をすり寄せるようにして、甘えた声を出してくる。

だが、ここは自分のためにも、ぴしゃりと払い言い放つ。

「でしたら私との契約を終了にして、お好みの方を雇ってください。そもそも私はそのようなサービス精神は持ち合わせてはおりませんし、生業《なりわい》でもございません。だいたい私にそういう態度を取らせたいというなら、日常的に全裸でウロウロするのはやめていただけますか？　せめてガウンを羽織《はお》るとか――。もう、面倒ください！」

ハビブの腕からすり抜けると、少しばかり本音も語る。

まるで躾《しつけ》の行き届かないスピッツのようだという自覚はあるが、つい吠えてしまった。

しかし、こうしている間にも、刻々と時間は過ぎていく。この仕事を十五分以内で終わらせたい菖蒲は、ハビブの腕を摑むと窓際に設置されたバスタブへ引っぱった。

二人の姿を見守るように映す洗面台の鏡には、頭一つ分は違う身長差。そこへ童顔が相まって、菖蒲はまたもや猛進するスピッツと飼い主のようだと思う。

「それに、どこの世界に寝起きから風呂の世話までさせられて、いちいちときめく世話係がいるんです？　母親が幼い我が子に欲情したらおかしいでしょう。もはや私は、そういうレベルでハビブ様の面倒を見させられていると思いますよ。執事だ秘書だというより母親です」

菖蒲は適温で満たされたジェットバスの中へ、ハビブを追い立てた。

次に、「ここで顔を洗って、歯も磨《みが》いてくださいね」と、浴槽脇に設置された大理石の洗面台に歯磨き粉が付けられた歯ブラシと水入りのグラス、仕上げの口臭予防剤まで別のグラスに入れて用意する。

その後はハビブに一連の作業をこなすようさらに急き立て、先ほど落とした上掛けなどを拾い上げてまずはソファへ置いた。続けてクローゼットへ向かい、真新しいバスローブに着替えを取りだして、再びハビブの側へ戻る。

宮殿、別館に数えきれないほどの寝室はあれど、ここは当主ハビブ専用だ。

ベッドからジャグジーバスが設置された窓際や洗面台までは、ハビブの動線が考慮されて、三メートル程度と近い。

しかし、四方の壁が黄金に輝くこの部屋は、バスケットコートほどの広さだ。ごねられた上に二度手間をかけられると、ベッドとは反対側の壁に作られたクローゼットまで行き来する足取りに、隠しようもない苛立《いらだ》ちが表れる。

もちろん、これらは一面に敷き詰められた絨毯に、すべて吸収されていくのだが——。

菖蒲からすれば、兎小屋《うさぎごや》とも呼ばれる団地で育った日本人を舐めるなよ！　だ。

「そう、まくし立てるなよ。いくら俺でも、さすがにママ扱いはしてない。ちょっと生活のフォローをしてもらっているだけじゃないか」

いまだ菖蒲との遊興に耽《ふけ》りたいのか、ハビブは気泡を指で弾きながら軽口をたたく。

すると、ベッドに着替えを並べて、バスローブのみを握り締める菖蒲の手に、血管が浮き上がるほど力が入った。

「ちょっとですって？」

「失礼――。ほぼ丸ごと」

「ご自覚があるなら、せめて元の業務に戻していただけませんか。私の本来の仕事は、ハビブ様もご存じですよね？」

　振り向きざま、トドメのようにドスを利かせて睨み付けたのが効いたのか、ハビブもようやく遊ぶのをやめた。急かされるままバスタブから出ると、両手で開いて用意されたバスローブを羽織って、洗面台で歯磨き一式までを終える。

　菖蒲は、その傍らでドライヤーとブラシ、ヘアローションを準備して待機。目線だけで「次はここ」と示した椅子《いす》にハビブが腰を下ろすと、慣れた手つきで濡れた金糸を乾かし、梳《と》かし始めた。

　少しうねりのかかった彼の髪は、細くて絡まりやすくて、本人では手に負えない。

　それで普段は菖蒲が一つに結び、左肩から胸元へ流すように手入れをしているのだが、自ら口にしたように、本来の仕事はこうしたお世話業ではない。

「わかってるって。おもてなし大国日本屈指のサービスマンにして、今や世界に名を馳せる香山配膳の主力メンバーだ。各国のセレブから王家御用達にして、五つ星ホテルからの派遣依頼もあとを絶たない。おかげで、何から何まで気が利くったら」

　ハビブも認めるように、菖蒲は同業の誰もが絶賛し、またリスペクトする社長・香山晃が先陣を切る香山配膳所《派遣事務所》属の、高級給仕《シェフ・ド・ラン》にして配膳人《コミ・ド・ラン》だ。それこそここへ来る前は、パリ郊外に建つ五つ星ホテル・白亜の古城、シャトー・ブランに派遣社員として勤めており、宴会サービス部門を任されて総轄《そうかつ》もしていた。

父親からの「繋ぎ」依頼がなければ、今ごろは東京のホテルや式場を回っていたことだろう。

しかし、結果はこうだ。

「ただ、それ故に何十人の執事、秘書、世話係より、菖蒲一人にすべてを任せるほうが、俺の毎日が円滑《えんかつ》でとても心地いい。そう気付いてしまったんだから、仕方がないだろう。負担を強いる代わりに、給金ははずんでいると思うが。不満があるなら言え。俺はケチな男じゃない。菖蒲の言い値でいくらでも出すし、なんならこの宮殿、別館も丸ごとやるぞ」

（貰ったところで、税金が払えないよ！）

ハビブの髪を整え終えると、菖蒲は鏡に埋め込まれたデジタル時計に目をやった。

起こし始めて、ちょうど十五分が経っている。

「いいえ。賃金的な不満はまったくありません。また、今後も不相応な賃金を要求する気もまったくありません。強いて言うなら、せめて自分で起きてください。今のままでは、私は園児のママです。せめて卒園してくださらないと困ります」

などと言いながらも、どこからともなく愛おしさが込み上げてくる。

こんなやり取りも、今月限りだと決めてしまえば、案外胸の痛みも感じ方が変わる。

「園児って……。人をマリウスみたいに言うなよ」

「これは失礼を。マリウス様のほうがしっかりされていました。あ～、私としたことが」

「菖蒲！」

「――さ、無駄な話はこれまでです。私はマリウス様たちのお迎え準備や確認もございますので、あとはご自分で。無理なようでしたら、女性たちに頼みますが」

「いいよ、誰も寄こさなくて。服ぐらい自分で着られる」

園児扱いに唇を尖らせるハビブは、一城の主として富や権力を持ちながら、勤める者には優しく、また傲慢《ごうまん》さもなく、実にできた雇い主だ。

雇われた側の愛着が強くなりすぎて、ときには菖蒲のように気に入られた者に嫉妬《しっと》し、自ら秘書や付き人、執事を辞めてしまうこともあるが。逆を言えば、菖蒲が辞めたと聞けば、すぐに戻ってくることも考えられる。

そうなれば、あとは給仕長の席を埋《う》めるだけ。もともと自分は〝繋ぎ〟なのだから、そろそろ派遣の終了を言い出したところでおかしいことではない。

香山配膳にしても、基本的に登録員の希望を最優先にしてくれる事務所だ。日本を離れて、パリに三年、ここに一年。さすがにそろそろ帰国したいと願ったところで、まあそうだろうね。お疲れ様――の一言で、了承してくれる。

ハビブとの解約手続きなり、代わりを差し向けるなりも、従来どおり円滑にしてくれるだろう。

「――では、お着替えになりましたら、スケジュールの確認もしてくださいね。側近の方々から送られてきた各商談の進行に添って、本日から一週間の予定をざっくりとですが、まとめてスマートフォンに転送しておきましたので」

「了解」

菖蒲はソファに置いた上掛けを抱えて、ハビブの寝室をあとにした。

そうは言っても、廊下で待機している者に声をかけ、一人になったハビブの様子を気にかけるように頼んでいった。

2

ハビブの世話係に仕事上の秘書まで兼任している菖蒲は、そうでなくとも日々多忙だった。

どんなに豪遊をしたところで、玄孫《やしやご》の代まで使いきれないとわかっている資産があるにもかかわらず、これを増やすのが大好きだからだ。

ハビブには、菖蒲が〝商魂たくましい〟と称する側近が複数いる。

彼らは常に、新規開拓事業から資産運用などの企画相談や業績報告等をハビブに投げてくる。

ハビブがするのは、投げてこられた内容に目を通し、イエスかノーか、ゴーかストップかを答えるだけだ。

たまに〝ガスを掘るならここがいいな～〟などと、いくつかある候補の中から選択もするが、これらはすべて彼の直感によるもので、厳密なデータをもとにしているわけではない。

菖蒲がハビブを〝なんて商運に恵まれた男なんだ〟と感心するのは、これをことごとく当てていくからだ。

ただ、こうした状況を目の当たりにしていると、ハビブが「仕事」と呼ばれる事柄を、ギャンブルとして愉しんでいるのがよくわかった。

自身の資産を誰かに預けて任せるのも、一か八かのギャンブル。

彼らが当たり外れを引いてくるのも、また一か八かのギャンブルであって、ハビブにとっては毎日カジノに入り浸《びた》っているのと何ら変わらないのだ。

だが、菖蒲がさらに感心するのは、勝てば心から喜ぶが、負けても怒ることがないところだ。

これこそが真のセレブリティの余裕なのかもしれないが――、

〝この先、取り返せればいいんじゃない？　お金が回ったことで潤った人間がいる。それに、採算は取れなくても今回の件は貴重なデータになった。そもそも俺は一度や二度の失敗で部下への信頼をなくすような男じゃないし、お前はこの俺が選んで財を預けた、特別に才能ある素晴らしい人材なんだから。次は大丈夫！　すぐに次へ進め！〟

損失を報告してきた部下に対して、満面の笑みで次の案件へ背を押すものだから、側近たちは信頼に応えるべく、常にやる気に満ちている。

むしろ、一度失敗した者こそ、失敗を回避するために仲間に相談するので、結果としては個でもチームでも、のちにいい成績をたたき出す。

動く桁が大きすぎて、菖蒲にはピンとこないのだが――。

いずれにしても、ハビブは仕事面でも充実しているということだ。

そんな彼の生活全般をフォローしているのだから、菖蒲に暇やゆとりなどあるはずがない。

そこへ持ってきて、本日は久しぶりにハビブの親友たちが揃って来訪だ。それも北欧の王子に、英国屈指の不動産王。その上、欧州で名高いホテル王と、たいそうなＶＩＰ揃いだ。

しかし、来客があると本来の仕事――接客や配膳仕事にも腕を振るうことになるのだから、ハビブの世話が日頃の八割ほどになっても、見逃してほしいところだ。

「——ということで。マリウス・ファン・デン・ベルフ王子様ご一行様は、お昼前にはご到着の予定です。同行されるロイド・クレイグ様とピエロ・ル・フォール様の他にも、SPの方々が同伴されてくるので、くれぐれも言動には注意するように」

菖蒲は別館から出ると、まずは当家を総轄する執事として母屋の宮殿内を巡り始めた。

「すでに屋敷の者たちの顔写真とプロフィールは先方に提出済みですが、少しでも怪しく見える行動を取れば、その場でねじ伏せられても文句は言えません。そこを充分に理解し、立ち振る舞うようにお願いします」

当家に仕えてきた者たちを勤続年数で見るなら、菖蒲は一番日の浅い新人だ。

しかし、誠実に仕事を全うした父親や菖蒲自身の人柄もあり、ハビブの生誕から仕えているベテランの使用人たちとも、かなり上手くやっていた。

今では頼られているほどだ。

「——と。こんな注意事項は今更ですね。この屋敷にも腕利きのSPがいる。マリウス王子の警護より、ハビブ様の警護のほうが過激かもしれないし」

おかげで、耳にたこができるほど聞かされてきた注意事項を口にしても、彼らはドッと受けて笑ってくれた。快く「了解」もしてくる。

ただ、ハビブの宮殿は洒落《しゃれ》にならないほど広かった。常時百人弱の者たちが仕えている。

その上、宮殿内の移動だけでも電動バイクを導入したいほどなのに。「俺を愉しませるネバーランド」を所望して造られた宮殿の庭は、まさに東京ドーム何個分だろう。

遊園地にあるような観覧車やメリーゴーラウンドの類いが設置され、波の出るプール、動物園レベルのペットたち、裏へ回ればヘリポートから自家用ジェットの収納庫、滑走路まである。

ちょっとしたレジャータウンだ。街ごと移動しているに等しい豪華客船の旅さえ、「うちにいるのと変わらなかった。違いがあるとしたら、景色が海か砂漠かくらいだな」と、ハビブにぼやかせただけのことはある。

むしろ、その彼を満足させたいがために、一丸となって知恵を出し合い、散財の限りを尽くして造り上げた商魂側近たちからすれば、最高の誉め言葉であり、勝利宣言をして盛り上がっていたほどだ。

しかし、それだけにすべてを一人で見て回るには、文字どおり限界があるのだ。

「リビングダイニングと客間の準備は万全？　あと、各遊戯場のメンテナンスと掃除は？」

「はい。菖蒲様。昨夜から今朝にかけて、再三確認いたしました」

「ありがとう」

（庭の移動だけは電動バイクにしてほしい。自転車でも駄目だ。人力では俺の体力が持たない！）

せめて来客のある日だけでも、移動手段をどうにかしないと身が持たない。このままでは、肝心の配膳をする前に、力尽きてしまうことに危機感を覚えていた。

そもそもこの状態で、まだ（配膳はベストな状態で完璧に！）と思っているのだから、生まれ育った祖国で身につけたであろう勤労精神には凄《すさ》まじいものがある。

「――シェフ。ランチから三時のティータイム。ディナーまでの各仕込みはどう？」

それでも一番馴染《なじ》みのあるキッチンへ入ると、不思議な安堵《あんど》感に包まれた。

「当然、万全です。昼はイタリアン、ティータイムにはフレンチ、夜は和食でご準備しました。メニューはこちらになります」

「マリウス様はお子様ランチのスタイルがお好きだけど、それっぽくできる？」

「お任せください。以前、伺いましたので、プレートも愛らしいものを作らせ、揃えてございます」

食を担うシェフたちも、できた料理を安心して任せられる菖蒲を見ると、自然と安堵するのかニコリと笑う。

調理台に用意していたランチプレートを並べて、誇らしげに見せてくる。

陶磁器のプレートには、皿にクマやゾウが描かれた種類と、容器そのものがカメやラクダを象っている種類があり、どちらもとても愛らしい。

王子とはいえ、まだ六歳の幼児だ。きっと喜んでくれるだろう。

「ありがとう。君たちの仕事は、本当にいつも素晴《すば》らしいね」

「菖蒲様にそう言っていただけることが、我々の励《はげ》みになっております。ハビブ様はお優しいのでいつも誉めてくださいますが、それ故見て見ぬふりと申しますか……。お見逃ししてくださることも多いので」

こんな会話の中でも、菖蒲はハビブの人選が確かなことを実感する。

主が甘ければ、時とともに使用人の意識も甘くなり、気が緩むものだ。

しかし、ここには「それでは困る」と言いきる者たちしかいない。正しく厳しい評価の中で、自身の仕事が最良であることを認められて、誉められたいのだろうが。彼らにとっては、自分でも口うるさいよなと感じるほどの菖蒲が、ちょうどいいようだ。感謝さえしてくれる。

「――善《よ》し悪《あ》しだね。というか、君たちにとっては、私は主より厳しいの？」

「菖蒲様は一番ご自身に厳しいのと同時に、やはり細《こま》かに見てくださり、技術的にも長《た》けていらっしゃるので、みな素直に聞き入れることができるのだと思います」

「それは……、私も素直に喜んでいい？」

「はい。ここはぜひともＷｉｎＷｉｎで」

まさに、その言葉のとおりで、いい横繋がりだ。菖蒲の顔にもさらなる笑みが浮かぶ。

「菖蒲！　どこにいる？　そろそろ着くって知らせが入ったぞ」

すると、突然キッチンの外から、ハビブの声がした。

どうやら菖蒲を捜して、宮殿内をうろついていたらしい。微《かす》かに語尾が掠《かす》れている。今なら宮殿内に新たな移動手段を導入していいか、聞けるかもしれない。

「はいっ！　かしこまりました。今、お迎えに参りま……、ハビブ様？　それは」

「――いや。やっぱり、いるよなと思って、取り寄せてみたんだ。楽だな、これ」

だが、菖蒲がキッチンから廊下へ出ると、カンドゥーラを身に纏《まと》い、グドラでターバンのように頭部を覆ったハビブが、真新しいキックボードタイプの電動スケーターに乗っていた。

このぶんだと、声が掠れて聞こえたのは、はしゃいで乗り回していたからだろう。

それを裏付けるように、ハビブの頬が紅潮していて、一目でご機嫌なのがわかる。

（ずるい……っ）

滅多なことでは思わないが、すでに宮殿内をくまなく、足早に歩き回った菖蒲は、恨めしそうにハビブの乗り物を見てしまった。

しかも、自分は歩きの状態で二人揃って、裏の滑走路までマリウスたちを迎えに行くのかと思うと、若干だが殺意が芽生えそうだった。

宮殿の裏口から滑走路までの移動は、敷地内専用のリムジンだった。

見渡す限り空の青と緑が溢《あふ》れる敷地。整備された石畳を三台の車が走り出したときには、すでにゲストを乗せた中型自家用ジェット機が着陸態勢を整えて、低空飛行に入っている。

車が着いたときには、ちょうどいいタイミングで、ジェット機も着陸、停止した。

ハビブと菖蒲、そして当家のSPたちが車から降りたところで、ジェット機の扉が開いてタラップとなる。

「ハビブ～っ。久しぶり～っ。あ！　菖蒲ちゃん！　元気してた～？」

いの一番に飛び出し、愛らしい姿を見せたのは、北欧の、小国ながら世界屈指の富裕国であるベルフ国王の第二王子――マリウス・ファン・デン・ベルフ。現在六歳になったばかりの彼は、日本の幼稚園で言えば年長だが、すでに語学はかなり達者《たつしゃ》だ。国外へ出たら英語で話すことが習慣化されており、見事なクイーンズイングリッシュを披露《ひろう》する。

透き通るような白い肌に、ふわふわとした金髪。クリクリとした青い目にマシュマロのようなふっくらほっぺたでニコニコとする彼こそが、地上に降りた天使だ。

前後に黒服姿の屈強なSPがついているが、その厳《いか》つささえ満面の笑みで吹き飛ばしてしまう。

当然、出迎えたハビブや菖蒲にも、歓迎の笑みが浮かぶ。

「おう、マリウス。久しぶり。相変わらず元気そうで何よりだが、みんなも元気か」

「うん！　僕もみんなも、すごーく元気にしてたよ～っ！　それに、いーちゃんやまーちゃん、めーちゃんやくーちゃんもすごーく元気。赤ちゃんもたくさん生まれて、家族も増えたんだよ～！すごいでしょう‼」

「ん？　家族？」

（――増えた⁉）

ただ、二人の笑顔は一瞬にして微妙なものになった。

「うん。驚かせたくて内緒にしてたのを連れてきたんだ。いーちゃんたちも下りてきて～」

マリウスに呼ばれ、のそのそとタラップを下りてきたのは、土佐犬を大型化したような白茶のイングリッシュマスティフ。

いーちゃん♂、まーちゃん♀の番《つが》いだ。垂れ耳と太い垂れ尾、ブラックマスクがチャームポイントの大型犬だが、厳つい見た目に比べて気性の穏やかなのがポイントの番犬タイプだ。

以前はハビブのもとで警備犬として訓練されていたもので、去年出かけた豪華客船旅行にも同行していたのだが、そのときにマリウスがとても気に入り、犬たちと仲良くなったことから、船を降りると同時に譲渡された。菖蒲もその話だけは聞いていた。

当然赤ちゃんとは言いがたい大きさになっている仔犬は初耳、初見だ。

「へ？　一、二、三……」

「四、五……六？　七……？　七匹⁉」

これには菖蒲のみならず、ハビブも数えて驚いていた。

しかも、マリウスの言う「たち」は、ここで終わらない。

「あ、フォール、クレイグ！　めーちゃんたちも下ろして～っ」

続けてタラップをひょいっと飛び下りてきたのは、ダブルコートのボリューミーなシルバー&ゴールデンの毛に、ブルーの瞳が蠱惑的《こわくてき》なメインクーン。

めーちゃん♂、くーちゃん♀の番いだ。知る人ぞ知る大型種の猫で、容姿は間違いなくゴージャス&ファビュラスなお猫様たちだが、体長はどちらも軽く一メートルはある。

そして、この子たちもまた、元はイングリッシュマスティフたちとともに当家で飼われていたのだが——その赤ちゃん五匹は、すでに通常の成猫サイズを軽く超えている。

菖蒲は、犬猫親子十六匹のインパクトがすごすぎて、状況を把握しきれない。せめて前もって知らせてくれたら、心の準備もできたが、これが俗に言うサプライズなのだろう。マリウスの仕業《しわざ》でなければ、「ちょっと待て！」くらいは叫んでいそうだ。

「あ！　勝手にどっか行くなっ！」

「走るな、危険‼　ここで迷子になったら、野良になるぞ！」

「お前はそっちを頼む！　俺はこっちへ行く！」

「了解。待て、こら〜っ」

だが、それは菖蒲だけでなく、両家のSPたちも同様だった。快適な乗り心地を求めて製造された自家用ジェットとはいえ、犬猫たちにとって、どうだったかなどわからない。

ましてや仔犬や仔猫たちは、移動に飽きていたのだろう。下りた途端に、解放感からか四方八方へ飛び散った。

一斉に黒服姿の厳ついSPたちが、一人二、三匹の担当で追いかけ始める。

光景を見るだけなら、ほのぼのだ。

「みゃ〜ん」

「くぉ〜ん」

しかも、この場に残った親犬猫は、とにもかくにも人懐こかった。あっと言う間に菖蒲の前後左右から「初めまして〜」「よろしく〜」とばかりに懐いて、その場に立っていられなくなる。

気持ちだけなら喜んで受け止められるが、四匹すべてが重量級となると、そうもいかない。

「わわっ！　わっ！　ありがとう！　わかったから、まずは落ち着こう！」

「バウバウ」

「みゃーっ」

「落ち着こう！　待て！　お座り!!」

その場にうずくまったところに、四方からのし掛かられて、もふもふを堪能するどころではない。

まずは肩に飛び乗ってきためーちゃんを抱え下ろして、菖蒲は犬猫相手に本気で落ち着きを求め、また諭してしまう。

「わ〜っ。菖蒲ちゃん、人気者〜っ。でも、わかるぅ〜。いーちゃんたち、可愛い子が大好きだもんね！　菖蒲ちゃん、可愛いもんね〜っ。ね、ハビブ！」

「あ——。まあ、な」

はしゃぐマリウスを相手に、どうでもいいような相づちを打っているなら、一匹でも二匹でもいいから引き離せよ——と思う。

だが、そんなハビブもすでに両脇に、けっして小さくない仔犬と仔猫を捕獲して抱えていた。

SPに追いかけ回され、逃げ込んだ先が彼のもとだったのかもしれないが。ハビブはハビブで〝初対面の人〟として懐かれたようで、大変そうだ。

よく見れば、背中によじ登り始めた仔猫までいる。

「もはや、可愛いとか、懐いてるとかって問題でもない気がするが……」

「とにかく一度落ち着かせてくれ、ハビブ。僕たちも機内で大変だったんだ。ずっと子守で」

それでもこれは、楽しくも苦笑交じりな痛み分けのようだ。

ハビブは同伴してきた紳士二人に「了解」とだけ応えて、まずは小脇に抱えた二匹の首輪にリードをつけさせる。

その後はよじ登ってきた仔猫を捕まえ、ひと撫でしたところで、SPに預けた。

宮殿内の大部屋一室を犬猫ファミリーに開放し、ようやく落ち着きを取り戻したゲストたちは、いったん客間へ移動した。

「じゃあね。みんなでいい子にしてるんだよ〜。ご飯食べたら遊んであげるからね〜っ」

「視覚的な比率なんだろうけど、部屋が大きいと、あの子たちも普通のサイズに見えてくるんだね。フォール」

「本当だね、クレイグ」

いつもより長いフライトに加えて、子守三昧《ざんまい》で来たこともあり、彼らは先にシャワーを浴びてから、ラフな私服に着替えることにした。その足で来客用のダイニングルームへ移動し、菖蒲の配膳によるイタリアンランチがスタートする。

また、思いがけず犬猫に埋もれた菖蒲やハビブも、シャワーを浴びて着替えた。

菖蒲に至っては、着用していた黒服一式を替えるだけでなく、先ほどはまだ身に着けていなかったサッシュベルトに白手袋、ジャケットまでをフル装着する。

髪も軽く流して整えると、顔つきまで変わってきた。やはり、本職に入るときは特別だ。普段は年より大分幼く見えても、内面から漲《みなぎ》る緊張感が、雰囲気を変えて見せる。

菖蒲が再びゲストの前に現れたときには、キッチンと客を繋ぐ高級給仕。手にしたトレンチに載せられたシャンパングラスの中身さえ微動だにせず、一般的なウエイターやウエイトレスが見せる安定感とは、まるで質が異なった。

「アペリティーヴォ《食前酒》でございます。スプマンテ《スパークリングワイン》は、白のプロセッコスプマンテをご用意しました。マリウス様には柑橘系《かんきつけい》のフレッシュソーダで」

「わーいっ！　グラスがゾウさんだ〜。お鼻を持つんだね、可愛い〜っ」

とはいえ、本日は到着したばかり。これからまったりと一、二週間は楽しんでいくと思われる中での初日だ。ランチからティータイム、ディナータイムからその後の就寝時間まで、ゆっくり飲んで、食して、会話をメインに楽しむことが予想できる。

そうなれば、一食目に提供するランチは、軽すぎず重すぎずといったところが理想だろう。

だが、これればかりは食事の経過から、各自の空腹具合を窺うしかない。そのため、盛り付ける量の微調整に関しては、菖蒲が逐一《ちくいち》キッチンへ指示を出すことになっている。

「甘エビと生ハム、金時草を初めとする旬菜物のアンティパスト《前菜》になります。生ハムと野菜は当家所有の酪農場から、甘エビは日本海北部で揚がったものを取り寄せました」

まずは彩りよく盛り付けられたカルパッチョを配って様子を見る。久しぶりとはいえ、彼らへの給仕は以前にもしたことがあるため、それぞれの好みは把握していた。

ただ、食の好みは時とともに変わることもあれば、急にアレルギーが出ることもあるので、その点は事前に確認済みだった。菖蒲自ら「ご挨拶」と称して、昨夜のうちに電話をしている。

「こうしていると、菖蒲もガラリと雰囲気が変わるよね。いーちゃんたちに懐かれていたときの顔とは別人だ。とてもクールで清潔感があって素晴らしい。さりげなく料理を上げ下げする手の先にまで神経が行き届いていて、さすがは香山のサービスマン。ねぇ、クレイグ」

料理を運ぶ菖蒲を見ながら、ピエロ・ル・フォールが話し始めた。カジュアルな装いなら、黒シャツに白のパンツが定番の彼は、現在四十代半ばのフランス人。頬にかかるウェービーな前髪がちょっとキザで、プレイボーイ風だが、とても気さくで優しい人柄だ。

しかし、その一方で欧州のホテル王の一人と呼ばれる彼は、一大ホテルグループの経営者でもあり、当然日本のホテル業界にも詳しく、香山社長はおろかその家族たちとも旧知の仲だ。

いざ名指しにされると、菖蒲もドキドキする。彼の肩には常にハビブの使用人である以上に、香山配膳登録員《スペシャルサービスマン》としての誇りと責任がかかっているからだ。

「本当にね。親子で給仕を引き継いだとはいえ、彼を一年も屋敷へ置いているハビブが羨《うらや》ましいよ。普通はどんなに大金を積んでも、香山は個人宅への長期派遣など許してくれない。ましてや側近まで兼任しているだなんて。――というか、菖蒲。過重労働になっていない？ ハビブの人使いが荒いようなら、いつでも私にメールして。すぐに香山に掛け合い、私の屋敷へ招待するから」

話を振られて応えたのは、英国屈指の不動産王の一人、ロイド・クレイグ。自然に任せたロマンスグレーに甘みのある顔立ちがセクシーな彼は、五十代前半で、この場では最年長だ。

着こなしがフォールとは対象的だが、白シャツに黒のパンツ、ラフに羽織ったベスト姿がとてもインテリジェントな雰囲気を醸《かも》し出しており、まさに英国紳士《ジェントルマン》の風貌だ。

「クレイグ。香山のクオリティが欲しいだけなら、シフトを握っている専務にでも交渉してくれ。俺のほうは替えがきかないんだから、ドサクサに紛れて菖蒲を口説《くど》くな」

国も年も仕事も違う彼らだが、共通しているのは、桁違いなセレブだということ。

あとは、恋愛対象となる相手の好みが似ていて、最初にこの三人が親しくなったのも、若かりし頃の香山社長に一目惚れをしたことがきっかけだ。その後も次々に一目惚れと失恋を繰り返して、何年かに一度は三人のお目当てが被る。

ただし、フォールには離婚歴があるし、クレイグにも内縁の妻がいたときがあるとかないとかなので、常に好みが同じほうを向くとは限らないようだが――。

いずれにしても、似たり寄ったりな親友同士だ。

(――うん。確かに他の香山メンバーじゃ替えはきかないだろうな。ママ兼用だし)

菖蒲は彼らの話に耳を傾けながらも、食の進み具合や、速度を見た。

また、先に一人だけコースの料理がワンプレートに載せられて運ばれているマリウスにも、常に気を配る。

そうでなくとも、大人の中に子供が一人だ。年齢以上にしっかりとした王子とはいえ、ここは目が離せない。

「それって、もはや替えがきかないほど、何から何まで菖蒲任せってことだろう。間違いなく労働契約違反じゃないか。菖蒲、やはり私のところへおいで。私は高級給仕に、仕事のスケジュール管理なんて絶対にさせないから」

「ましてや、身の回りの世話なんて――だろう。そうだよ、菖蒲。なんなら僕のところでも構わないよ。もちろんホテルのほうではなく、僕の自宅専用に――だけど」

「フォールまで。余計なことを言い出すなよ」

「菖蒲ちゃん。モテモテ～っ。いーちゃんやめーちゃんたちだけでなく、ハビブたちにまで懐かれちゃって大変だね～っ」

それでも、さりげなく話に入り込んでくる上手さは、並みの六歳児ではない。

「俺たちを犬猫と一緒にするな！」

「しないよ～っ。だって絶対に菖蒲ちゃんには、いーちゃんたちのお世話のほうが楽だし、可愛いと思うもん！　ね！　菖蒲ちゃん」

うふふ～と笑って、天使な顔を見せつつも、容赦《ようしゃ》なく痛いところを突いてくる。

これにはハビブも唇を尖らせた。

つい今朝、菖蒲に言われたのもあり、自覚はあるのだろう――自覚は。

「そのお話は、またあとで。二人のときに内緒でね」

「は～いっ」

この場は双方を立てる形で、前菜の皿を下げていく。

その後はプリモ・ピアット《第一の皿》に、きのことチーズのクリームリゾット。

セコンド・ピアット《第二の皿》に、子羊の赤ワイン煮込みと根野菜のコントルノとシンプルなイタリアンが続いて、各自の様子はデザートまで入れても腹八分といったところだ。

「美味し～っ！　カメさんのお皿もすごく可愛いくて、お肉もとっても柔らかくて。ほっぺが落ちる～っ」

マリウスのプレートも、周りとほぼ同時に、食べ終えられている。

「うん。奇をてらった感はないけど、安心感のあるコースで美味しいね」

「そうだね。一見シンプルだけど、その分素材の良さと調理の手間暇が感じられる。イタリアンだけど、ちょっと和テイスト入りみたいな。菖蒲の采配《さいはい》？」

「多分そうだろう。菖蒲が来てから、しょっちゅうシェフたちがあれこれ相談してるから」

ハビブには少し軽かったかもしれないが、移動で疲れが見えていたフォールやクレイグにはちょうどよかったようだ。

あとはティータイムに続く流れを読んで、ドルチェ《デザート》の量や重さを加減する。

「ディジェスティーヴォ《食後酒》に、グラッパとリモンチェッロをご用意しておりますが、いかがなさいますか？」

ただ、ここで彼らが食後酒を選ぶようなら、菖蒲は先にマリウスの食事を終わらせ、遊戯に誘うことも考えた。彼らも大人同士で話したいことはあるだろうし、内容によっては夜まで待てない――などということもあるかもしれない。

「まだ昼だし、マリウスもいるからね。僕はカッフェで締めておくよ。ハビブたちは？」

「俺もコーヒーで」

「そうだね。こうして落ち着いている間に、すぐディナータイムになりそうだし。私もエスプレッソをもらうおうかな」

「かしこまりました」

しかし、ここは全員がコーヒーを選んだ。菖蒲が控えていたウエイターに指示を出す。

「それより、菖蒲もそろそろ席へどう？　こうして極上なランチタイムをサービスしてもらってから言うのもなんだけど。君はこの家の給仕長であると同時に、もはやハビブや我々の友でもある。ぜひ一緒に話がしたいし――。いいよね？　ハビブ」

「もちろん。というか、菖蒲自身のランチがまだだろう。――誰か！」

すると、ここでフォールのリクエストに、ハビブが応えた。

「はい。ご用意できております」

（いつの間に⁉）

菖蒲が驚く最中、料理長が自らワンプレートにまとめられた本日のランチを運んでくる。

「さ、菖蒲様」

「――申し訳ありません。ありがとうございます」

どうやら前もってハビブからシェフに伝えられていたようだ。

別のウエイターが、ハビブ、マリウスと並んでいた隣に、菖蒲の席を用意する。

元々使用していたダイニングテーブルが八人掛けの長方形であり、対面にはクレイグとフォールが並んでいる。

「わ～！　菖蒲ちゃんのご飯、ちょっと多いけど、僕のと一緒だね」

「本当ですね」

菖蒲が「いただきます」と食べ始めると、マリウスがニコニコとしながら話を続けた。

「魁パパや桜《さくら》ちゃんも一緒に来る予定だったんだ～。でも、桜ちゃんが風邪を引いちゃったから、このさい二人っきりにするために、魁パパは置いてきたの。それで、いーちゃんたちも連れて来ちゃったんだ。そうしたら、二人っきりでしょう。ね、フォール」

マリウスの言う「魁パパ」とは、マリウスの担当医師を兼ねるSPであり、また国の重鎮《じゅうちん》でもあるデルデン公爵のことだった。ベルフ国内では、去年まで複雑な王位継承権問題が起こっていたために、幼少の頃よりマリウスを国外逃亡させながら、父親代わりとなって守ってきた男で、ハビブと同い年の親友でもある。

また、その魁と恋に落ちて、事実上ベルフ国へ嫁《とつ》いだ桜は、元香山配膳の登録員。菖蒲とはほぼ同期で、見栄《みば》えのする美青年だが、けっこう中身が庶民的だ。それでよく話をした時期もあったが、近年は接触がなかったために、この話を耳にしたときにはかなり驚いた。

何せ、自分が日本を離れている間に、桜は豪華客船の派遣クルーとして世界を廻《めぐ》り、そこで魁やマリウス、ハビブやフォール、クレイグといった面々と出会い、ナンパされまくった結果、魁と結ばれていたというのだ。

当然桜をナンパした中にはハビブも入っており――。

〝それであっけなくフラれてさ〜〟

〝……。それは、さぞ……おつらい思いを。なんと申し上げてよいのか……〟

〝ああ、別によくあることだし、もう平気だよ〟

〝え？〟

〝魁は正真正銘できた男だし、選んだ桜に見る目があったってことだ。それに、フラれたら次へ行けばいいだけだし。年齢制限をしても、俺の恋人候補は世界人口の三割はいるはずだからな〟

〝――はぁ。なら、よかったです〟

菖蒲がハビブの失恋話を聞いたのも、この本人の軽口から。このあたりで、菖蒲は（やっぱり月が綺麗だったのは、酔っ払っていたんだな）と納得したほどだ。

とはいえ、しばらくはモヤモヤした気持ちが残った。

これはハビブが桜に言い寄ったことに対してではなく、フラれたというのにハビブにはまるで引きずる様子がない。それどころか、風邪を引いたけど、すぐに治ったよ――みたいな感覚で話をされたので、こういうスタンスで恋愛を楽しんでいるんだな――と感じた瞬間、一生越えられない壁を見た気がしたからだ。

そう考えると、至極真っ当な選択をした桜には幸せになってほしいし、今頃ようやく得られたかもしれない二人の時間で、新婚気分を味わってほしいとは思う。

と同時に、桜なら菖蒲がハビブのもとを去ったあとに、愚痴っても大丈夫そうかな？　という気にもなった。

おそらく思うだけで、言えないだろうが――。

「まあ。丸きりの休みは無理にしても、人懐こい仔犬、仔猫がいないだけでも、そうとう静かだろうね。あっと言う間に僕らも懐かれたし。ね、クレイグ」

「本当に」

「ところで、菖蒲。以前、ここに来る前の派遣先は、パリだって言ってたよね。どこに勤めていたの？　香山だと、よく聞くのはマンデリン・パリとか、プレジデントみたいな日系ホテルへの応援だけど――、それにしても三年だっけ？　長いよね」

フォールが自分にも馴染みのある土地に絡めて、新たな話を振ってきた。

菖蒲は食べ終えて、コーヒーに手を伸ばしたところだ。

「シャルル・ド・ゴール空港からほど近い、シャトー・ブランという地元のホテルです。そこの先代オーナーと香山会長が知り合いだったのですが。短期応援のつもりが、当時のオーナー支配人に直々に頼まれて……。行きがかりで三年もいることになってしまって」

「シャトー・ブラン？　へー。あそこにも香山は繋がりがあったんだ。それにしても、奇遇だな。僕は再来週そこへ行くんだよ。古くからの友人に、結婚式と披露宴に招待されて」

「本当ですか！　偶然ですね」

「――なんというか。相手からは、君のホテルでなくて申し訳ない。彼女とそのママが古城の大広間に一目惚れをしたとかなんとかで――って、ちょっと恐縮されてしまったんだけどね。でも、実際内装が素晴らしいのは僕も写真で見て知っているし。それに、空港から近いのは、遠方から行く人間にはとても助かる」

フォール自身は気にしないだろうが、相手の友人としては気にしたのがわかる。

だが、こうしたことはホテル経営でなくても、起こりうることだろう。

菖蒲は、フォールが気にしていないことを優先して、そのまま話を続けた。

「そうだったんですか。でも、私としては嬉しいお話です。特に大広間は、メインで担当していた部屋ですし。やはり、今でも愛着があるので」

「そう。でも、三年も勤めていたなら、さぞショックだっただろう。まだ、四十くらいだっけ？　若かったもんね、オーナー」

「――え⁉　どういう意味ですか？」

しかし、ここで話の流れがおかしくなった。菖蒲が思わず身を乗り出す。

「もしかして菖蒲、シャトー・ブランの先代オーナー、ジェローム・ラサーニュ氏が癌で亡くなったのを知らないの？　あ、時期的には、菖蒲の派遣が終わってからか……」

「ジェローム支配人が……、癌で？」

はっきり名前を出されたことで、いっそう衝撃が大きくなった。

ふいに、その姿が脳裏をよぎる。

〝菖蒲！　ちょっといい？〟

〝はい。なんでしょうか、支配人〟

長身でラテン系の彫りの深い顔立ちをしたジェローム・ラサーニュは、菖蒲がシャトー・ブランにいたときの支配人であり、誰より菖蒲の仕事と香山のサービス精神を尊重してくれた男であった。

また、「どうしても自分の代で、宴会を初めとするサービスの徹底強化をしたいんだ。世間からの評価も四つ星ではなく五つ星にしたい。そのために協力してくれないか」と、菖蒲に長期での派遣契約を願ってきた。自ら率先して現場に立つサービスマンであり、またオーナーでもあった。

菖蒲は彼のような経営者には、初めて出会ったことから、とても惹かれて協力を了承した。

自分からも直接事務所に交渉、長期派遣でシャトー・ブランに常備することになった。

とはいえ、元々老舗のホテルだけあり、中には菖蒲の存在自体を煙《けむ》たがる者がいた。

ジェロームと馬が合わない幹部たちもおり、問題なく気持ちよく過ごせたとは、嘘でも言えない。

だが、それだけに、菖蒲はスタッフたちと気持ちが徐々に通じて、希望していた一体感が生まれたときには、それまでには知り得なかった感動を覚えた。

また、そうした中で迎えた契約終了だったこともあり、菖蒲としてはいい思い出となっている。

「故人の希望で、家族葬で済ませたって話だったかな」

「――そうなんですか。もしかしたら、事務所のほうには知らせがあったかもしれませんが、そうなると会社の事務同士のやり取りで終わっていた可能性もあるので……」

急な話すぎて、うまく気持ちがついていかない。

菖蒲が動揺しているのは、誰の目にも明らかだ。

「そうか。けど、こればかりは仕方がないよね。僕も、オーナー一族とは直接の付き合いがなかったから、噂に聞いたくらいだし」

ただ、菖蒲には気になることがあった。

「それで今シャトー・ブランは誰が？」

菖蒲は、もし知っているなら――と、フォールに訊ねる。

自分が知る限り、シャトー・ブランにジェロームの遺志を丸ごと継いで、ホテルを守れそうな者が頭に浮かばなかった。むしろ、彼と対峙《たいじ》し、内部を引っかき回した幹部たちの顔ばかりが浮かんで、どうしようもなかったのだ。

「確か、ジェロームの希望で弟さんが引き継いだのかな？　先代の後妻さんが産んだ？」

すると、さらに思いがけない情報が返ってきた。

大和《やまと》・アラン・ラサーニュ。一瞬で顔も名前も浮かぶが、常に部外者だった男だ。

菖蒲と年が同じで、ジェロームからの紹介もあり、幾度か一緒に食事はした。

だが、まったく共感の持てない相手だったのだ。

「え？　彼は何一つホテル事業にはかかわっていなかったんですが。経営にも現場にも」

こんな場でとは思っても、混乱が隠せない。餅は餅屋ではないが、大和があとを継ぐくらいなら、まだ対峙していた幹部たちが仕切るほうが、ホテルを知っているだけましだ。

しかも、菖蒲にとって最悪な話はまだ続く。

「そうなんだ。それで、ここのところ評判が……」

「よくないんですか⁉」

「いや。僕自身がシャトー・ブランの現在と過去を見比べたわけではないし、同業から流れてくる噂が耳に入る程度だから、どの程度っていうのはね……。ただ、この一年でちょっと質が変わったって感じのことは、たびたび。そこへ披露宴の招待がきたものだから、気にはなっていたんだ。でも、その何年か前は、いっそうサービスが向上したって話を頻繁に耳にしたんだよね。四つ星だった評価も五つ星に上がって――。けど、これこそ今にして思えば、菖蒲がいた頃だ。うん。ここへきて辻褄《つじつま》が合った。もしかしたら、評判が下がったというより、元に戻っただけなのかも」

同業の経営者としては、言いたくなかったであろうことを、フォールに言わせてしまった。たとえ事実であっても、彼の性格から考えれば、陰口のようで気が進まなかっただろう。それは、いつになく遠回しな言い方にも表れている。菖蒲は、申し訳なさで猛省した。

だが、どうしてもいても立ってもいられない感情が起こる。

(評判が戻った？　いや、結局それは下がったということだ。しかも、質が変わったって、どんなふうに？　――どうする？　このまま確かめずにいられるのか？)

三年は長いようで短いが、短期派遣が基本の菖蒲にとって、シャトー・ブランはもっとも長期で勤めた、かつてのホームグラウンドだ。

心血を注いだホテルであり、一個人の思い入れでしかないのはわかっていても、現場を総轄していた一人として無視ができない。

今知ったばかりの訃報《ふほう》に対しても、何か行動を起こさなければ、気持ちが治まりそうにない。

「ハビブ様……。突然で申し訳ないんですけど、休暇をいただけませんか？」

気がつけば、唇を震わせながら、願い出ていた。

「休暇？」

「はい。お墓に手を合わせに行きたいな――と。それに、ホテルの状況も気になるので、自分の目で見て確かめたいんです。もちろん、何ができるわけではないのも承知しているのですが……」

急に何を言い出すんだ、そんなの困る！　と言われることは、想像ができた。

だが、それでもどうにかして――と、菖蒲は懇願してでも、ハビブの説得を試みるつもりでいた。

「――なら、一緒に行こうか。僕も気になってきた。それに、菖蒲が一人で訪ねるよりも、僕が同行していたほうが話は通じるだろう。なんというか、肩書き的に？」

しかし、菖蒲の願いに対して、先に応えたのはフォールだった。

「フォール様」

「君がシャトー・ブランを離れて丸一年が経つわけだし。僕なら自身の立場に加えて、披露宴予定の友人の名前も出せるからさ」

「――はい。そうしていただけるなら、ぜひお願いしたいです」

すでに、この時点でパリへ飛ぶことが確定だ。

さすがにハビブがこの流れから、フォールをもねじ伏せて、ノーと言うとは思えない。

むしろ言うなら、間髪《かんぱつ》を容《い》れずに口を挟《はさ》んでいるだろう。

「いや、ちょっと待てよ。だったら、このまま全員で行けばいいんじゃないか。何、二人で行こうとしてるんだよ。勝手に」

だが、だからといって。よもや「自分も行く」と言い出すとは思わなかった。

それも、このまま全員だ。クレイグやマリウスもだ。

「評判が下がったホテルが、満室御礼とは思えないが……。部屋が空いているなら、団体で行けば、経営的に助かるだろう。仮に満室なら別のホテルを押さえるまでだし、フォールのホテルに厄介になってもいい。または手頃な別荘の一つでも。せっかくパリまで行くのに、無駄足はいやだろう」

「ハビブ様⁉」

この時点で、すでに話が想定外な形で膨《ふく》らんでいた。

最後の「手頃な別荘の一つでも」とは、何事だろうか⁉

「こうなったら、マリウスも行きたいよな。パリへ」

「うん！　行きたい。遊びに行くんじゃないのはわかるけど、菖蒲ちゃんやいーちゃんやみんなと一緒に、パリへ行きた～い！　お散歩しよう～っ！」

「よし。決まりだな」

その上、信じがたい話がさらに加わり、瞬時に確定された。

ハビブの言う全員に、まさかの巨大な犬猫ファミリー十六匹が加わった。

だが、特に驚いた様子もない反応を見ると、ハビブの言う全員には初めからこの五人に犬猫ファミリー。そして、ＳＰチームが頭数に入っていたということだ。

そんな団体、どんなホテルであっても受け入れがたいし、大迷惑だろうに！

「……え？　ちょっと待ってください。さすがに全員は……」

様子を見るどころか、下手をしたら潰しに行きかねない事態に、菖蒲は同行を阻止しにかかる。が、これはクレイグが止めてきた。

「まあまあ。言い出したら聞かないから、好きなようにさせてやって。菖蒲としては、このさい休みを取って、のんびりしたかっただろうけど」

こういうハビブとマリウスのノリには慣れているのだろうが、顔色一つ変えていないところが、見かけによらず強者《つわもの》だ。

「もしかして、僕が一緒に行くって言ったから、ハビブは警戒しちゃったのかな？　だとしたら、ごめんね。菖蒲」

「え？」

「いや、こっちの話」

菖蒲は困惑するまま今一度ハビブのほうを見る。

「パーリ！　パーリ！」

「そうかそうか、嬉しいか。このさいだから、楽しもうな～」

「わーい！　ハビブ、大好き～！」

すでにハビブとマリウスは大盛り上がりで、誰も口を挟めない。ある意味、二人は二人で楽しんでくれるというなら、余計な気遣いは不要だろうが、それにしても――だ。

「結局のところ。菖蒲にパリへ行かれたら、『俺の世話は誰がするんだ』ってことだよね。お世話になりすぎて、彼、自活力が落ちてるようだしさ」

菖蒲は、話の転がり方のすごさに、茫然《ぼうぜん》としていた。

「そうそう。きっとそういうことだから、菖蒲は、遠慮なく全部費用を出してもらったらいいよ。別荘の一つでも買うことになっても、私がいい物件をすぐにでも手配するし、用が済んだら貸別荘か何かにして、フォールに使ってもらえばいいんだから」

「ああ！　それいいね。そうすれば、損もなくて得ばかりだ。どうせなら、市内で使い勝手が良さそうな物件でよろしくね」

「そうだね。探すとなったら、そうしよう」

だが、たった数分のうちに、驚くような儲《もう》け話に転じていたことに、「これがただでは転ばないというやつか」と、思い知ることになったが――。

3

こうと決めたときの彼らの行動の早さには、目を見張るものがあった。

ランチを終えると、まず最初に動いたのはフォールとクレイグだ。

ハビブは二人の話を聞きつつ、それに添った対応。菖蒲はいったんマリウスと犬猫たちが寛ぐ大部屋へ移動し、今後の成り行きに心配はあったが、遊びながら結果報告を待つことにした。

大型とはいえ、仔犬と仔猫がじゃれ合っているのは眼福だ。最初はインパクトが強すぎて気が引けたが、慣れてくると、仕草や行動がいちいち可愛い。

(これはたまらない――。大きい分、撫で回しても安心感があるし、いじり回せてもふもふ天国だ)

だが、菖蒲が犬猫の中心で天国にいるような気持ちになっていると、彼らは三十分もしないうちに予定を決めてきた。

「お待たせ、菖蒲。部屋が取れたよ。明日から二日間、客室最上階とその下を含めたツーフロアを貸し切ることができた。安心して渡仏できるよ」

開口一番、フォールがシャトー・ブランの部屋を押さえたことを教えてくれる。

「ツーフロアを全室貸し切り？　ということは、エグゼクティブ階のＶＩＰルームからスイートの全室を押さえたってことですか？　しかも、その下の階まで？」

「そう。通常のホテルで考えた場合、警備を考えると、エグゼクティブ階とその下を丸ごと関係者以外立ち入り禁止にしてもらうのが、一番手っ取り早いだろう」

シャトー・ブランを知り尽くしているだけに、とんでもない宿泊費が脳裏を巡った。

（一泊二百万のＶＩＰルームが五室に、大小スイートルームが十六室合わせて約一千万。その下の階だって、シングルからセミスイートまでの五十室で約一千万だ。二泊三日で約六千万とか、ありえない。でも、ハビブ様の道楽と考えたら、まだ安いのか？）

その名のとおり、シャトー・ブラン《白亜の白》は、フランス・ルネサンス様式にゴシック様式が取り込まれた、シンメトリーの外観が美しい古城を改築したラグジュアリーホテル。フランス王族の栄華を象徴するように、フランソワ一世が趣味の狩猟用邸宅としてロワール渓谷に建てさせたシャンボール城をモデルに築城されたこともあり、外観の雰囲気はそれによく似ている。内装に関しては、ネオクラシック様式装飾を基調とした白地に金の月桂樹や花輪模様が映える贅と華美を尽くした空間だ。

ただし、建築面積で見るなら、中庭を含めても約四千平方メートル（千二百坪）程度で、大きさとしては「ルネッサンス時代の驚異」と呼ばれるシャンボール城の四分の一程度。だが、それでも五階分までの延床面積を合わせると、二万平方メートルにも及ぶのだが、これが二階建ての当宮殿の延床面積とほぼ同じだ。

そう考えると、菖蒲もフォールの口調の軽さに納得をし始める。

（あ……。道楽どころか、自宅遊戯場に及ばないレベルかもしれないのに、六千万の出費だった。うん。そうだよな。移動で気分が変わるかもしれないが、シャトー・ブランの敷地内に遊園地やプチ動物園はついてない。ハビブ様からしたら、自分の家から親友の家に遊びに行くくらいの違いしかないかもしれない。この時点で俺の感覚が普通じゃなくなってきているのはわかるが、彼らにとってはもう、俺がビジネスホテルを利用する程度の感覚なのかもしれない）

慣れとは恐ろしいものだ。改めて前職場と比べたことで、菖蒲は綺羅で華美な横浜アリーナ一個分の職場を歩き回り続けて、かれこれ五年になることのほうに失笑しかけた。

どうりで、徒歩移動が競歩の選手並に速くなったわけだ。

今ならどんなホテルの大広間でも、端から端まで最速移動でサービスができそうだ——と。

「確かに。エグゼクティブ階には、直通の専用エレベーターに専用フロントや、専用ラウンジもあります。宿泊客の電子ルームキーがなければ、担当スタッフ以外は行き来ができない仕様なので、先方としても安心かもしれませんね。ただ、それにしても思いきった予約です。驚いてませんでしたか？」

席を勧められてフォールの対面に着くも、菖蒲の足下では仔犬と仔猫がじゃれ合い、我先に膝の上へ抱いてもらおうとしていた。

思わず手が出そうになるのを我慢しているのは、先ほどそれをしたら、我も我もと収拾がつかなくなり、膝の上に仔犬一匹、仔猫が三匹積み重なってしまったからだ。

そして、フォールが、今それに近い状態にある。

何の気なしに仔犬を一匹抱いたがために、それを見た仔猫が一匹飛び乗ってきたのだ。

「結局、フロントでは対応しきれなくて、支配人に代わってもらったけど。今日までジェロームの訃報を知らずにいた友人がいて、遅ればせながらお墓参りへ行こうと思う。現オーナーに面会できたら嬉しいけど、急な話だし、無理は言わない。ただ、せっかくだからそちらに泊まれればと思って——と話をしたから。僕の名前も出したし。あとは、同行する友人が国賓《こくひん》クラスのお忍びなので、できればSPが警備しやすいように、客室の一部を貸し切りにさせてほしいってお願いした」

とうとう焦《じ》れた仔猫が菖蒲の膝の上によじ登った。残された仔犬が立ち上がるも、ふさふさの尻尾で一振りされて、「くぅ～ん」とその場に伏せてしまう。

結局見ていられなくて、菖蒲は足下の仔犬に手を伸ばして、仔猫の隣へ引き上げた。

総重量は軽く二十キロ超えだ。

どちらの犬猫も揃ってご満悦だが、菖蒲とフォールは互いの姿に笑い合うしかない。

「それでOKを。確かにマリウス様とハビブ様が一緒ですし、フォール様のお名前でお願いをされたら、そうした対応になりますよね。——で、支配人は大和が兼任しているんですか？」

「いいや。サシャ・ロージェル氏っていったかな。知ってる？」

「——いいえ。初めて聞く名前です」

自然と眉を顰《ひそ》めてしまう。勝手知ったるの過去があるだけに、まるで知らないことを耳にすると、疎外感や寂しさを覚える。

「オーナーが新たに雇った支配人かな？」

「そうだと思います。ただ、そこも気になるのですが、いくらシーズンオフとはいえ、丸二日間もエグゼクティブフロアが空いているなんて。予定のお客様に無理な移動をお願いしていないといいのですが——。でも、まったくの空だったなんてことでも、問題だし」

「そのあたりも含めて、行けばわかるよ。とりあえず、貸し切りは二日が限界だったから、その先の予約は入ってるんだと思う」

「そうですか」

主に宴会サービスの教育のために総轄を任されていた菖蒲だが、常にジェロームと話し合いの場を持ち、経営状況も聞いていた。それだけに、些細なことにも引っかかりを覚えてしまうのだが、フォールの言うとおりだ。

——などと菖蒲が思っていると、クレイグとハビブ、そして側近の一人が寄ってきた。

ご多分に洩《も》れず、二人も両手に犬猫一匹ずつを抱えている。さすがに側近はタブレットを手にしていたが、ふと残りは？　と気になり、菖蒲は周りを見渡した。

それぞれの両親とともに、マリウスを囲んでゴロゴロしている。

これが絵物語のようで、目にしただけで至福な光景だ。

「私たちのほうも、一応保険のつもりで動いてきたよ」

「……保険？　ですか」

「そう。ハビブが不動産部門の側近と私で決めていいと言うので、凱旋門《がいせんもん》近くに手頃なタウンハウスを一つ買ったんだ。だから、思いがけず滞在が長びいても安心して」

クレイグの説明に、いきなり現実に引き戻された。

(——え⁉　買った？　タウンハウス？)

「へ〜。即決だね。いい物件だったの？　画像はある？」

声を弾ませたのはフォールだけで、菖蒲は二匹を抱える両腕に力が入った。

それを構われていると解釈したのか、腕の中の二匹はさらにご機嫌だ。もそもそ動きながら、菖蒲の腕に鼻先や耳を擦りつけて喜びを示す。

「こちらでございます」

側近がフォールに向けてタブレットを差し向けた。あいにく菖蒲からは見られない。だが、逆に何倍も気になってきた。

「竣工《しゅんこう》年が一九〇〇年の四階建てで、去年補強工事とフルリフォームが済んでいて、家具も入っている。現地で仲介に入っていた不動産のオーナーが、私の顔見知りでね。とても信頼できる人だし、身体一つで来ても充分住めると保証してくれたから、そこが決め手になった。即金ならと、割引に応じてくれたし。必要なものがあればサービスで補充しておくとも言ってくれたから、少なくとも乾杯用のロマネ・コンティくらいは冷やしといてくれると思うよ」

さらっと説明しているが、一般ではあまり考えられない築年数の物件売買だ。

だが、彼らにとってはそう珍しくもないようで、特にクレイグにとっては本業だ。

見たことがほど、生き生きとした目をしている。

「さすがクレイグ。こんな時でも値引き交渉！　それでベッドルームはいくつあるの？」

「七つ。建築面積が二百五十平方メートルで、延床面積が千平方メートル。庭が二百五十平方メートルなんだけど、ハビブが、あの子たちがストレスなく過ごせればそれでいいんじゃないかって言うし」

先ほどから横浜アリーナ単位で想像していたためか、本来ならそれなりに大きな屋敷の話をしているだろうに、随分コンパクトに聞こえてきた。

高級ホテルのVIPルームの広さは、大体二百平方メートル弱（約百二十畳）のスイートが多いので、この物件のワンフロア面積はそれより少し広いくらいだ。

「まあ、そうだよね。一番心配なのは、僕たちの移動に付き合わされているペットファミリーだ。ドッグランも探しておこうかと思ったけど、この庭ならまあ——、気晴らしくらいにはなるものね」

すると、菖蒲が頭の中であれこれ思い浮かべているのに気付いてか、フォールの目配せにより、側近がタブレット画面を向けてきた。

今まさにＳＯＬＤ ＯＵＴされたであろう、物件の広告だ。南フランス風や地中海の高級リゾートホテル風の内装の部屋があり、統一性はないが、そのぶん遊び心を感じる。飽きがこなくていい。

（滞在延長用というよりは、ペットの気晴らしに庭付き一戸建てか。相変わらず——、えっ？　日本円で十億円⁉　大特価ってあるんだけど……。でも、きっと、ハビブ的には犬猫のために用意したんだよな？　シャトー・ブランは郊外だし、相談をすればペットＯＫの部屋もある。けど、さすがにエグゼクティブフロアに十六匹も連れ込むわけにいかないし——。あ、でも、一室につき一匹二匹って考えたら、許してもらえるのかな？　それにしても——。大特価の次元が違うよ）

しかし、購入された一番の目的が浮き彫りになると、菖蒲はなんとも表現しがたい気持ちになってきた。二泊三日に六千万円をかけるくらいならとは思ってみても、「本当に買ってしまったんだ」という脱力感が拭えない。

「くぉ～ん」

「みっ」

もしかして慰めているのか、二匹が胸元に顔を擦りつけてきた。

「よしよし……、？」

よく見れば、隣に座ったハビブが抱えた二匹など、彼の金糸でじゃれて遊んだのか、少し絡まったまま寝てしまっている。

どうやら旅の疲れも出てきたらしい。どの子たちも眠たそうにしている。

ハビブも黙ってベッド代わりをしているので、悪い気はしていないようだ。

不意に目が合うと口元だけでフッと笑う。

（ハビブ様――）

一瞬にして胸が熱くなるのを感じて、菖蒲は会釈だけをして、視線を手元の二匹に戻す。

この鼓動は、菖蒲とその胸に甘える子たちにしかわからない。

トクン、トクンと響くそれは、まるで「好き」「大好き」と呟いているようだ。

「――あ、菖蒲。ロージェル支配人からメールが届いたよ。大和に連絡が取れたみたい。明日明後日ならいつでも時間をあけるって。よければ墓地に案内させてほしいってよ」

すると、二匹を片手に抱え直したフォールが、スマートフォンを確認し、菖蒲に新たな報告をしてきた。メールでのやり取りは、オーナーが直接現場に立ち、支配人をしていた頃とは違う。

ある意味こちらのほうが一般的な形ではあるが、こうした連絡経路からも、大和が継いだホテルの現場にはいないことがわかる。

「菖蒲は墓地へは行ったことがある？」

「はい。先々代の日本人奥様がご病気で亡くなったのが、私が派遣で入って半年くらいのときだったので。そのときは葬儀にも参列しましたし、命日にはお花を——」

「そう。そしたら、場所はわかってるのか」

「——はい。ですが、やはり大和には最初に会って挨拶をしておくべきだと思います。チェックイン後に同行していただけたら——と。本当は、予約の時点で私も名乗るべきなんでしょうけど……」

菖蒲は、シャトー・ブランがまるで知らないホテルのように感じ始めていた。

大卒で都内にある外資系のラグジュアリーホテルに就職するも、三年もしないうちに香山配膳へ移籍した菖蒲にとって、やはりシャトー・ブランには特別な愛着がある。最長の派遣期間だったと同時に、サービス改善というホテルの核に携わったことで、他にはない思い入れもある。その反動が強いのだろうが、現在の様子を知れば知るほど、同じホテルとは思えなくなってきた。大和という知り合いがいるにもかかわらず——。

「そこは、必要なら僕がフォローするよ。なら、そういう感じでお願いしておくね」

「何から何まですみません。よろしくお願いします」

こうしている間に、仔犬仔猫どころか、その両親やマリウスまでもが昼寝をしている。

不思議な緊張と緩和の融合だったが、その様子には誰からともなく微笑《ほほえ》みが漏れた。

＊＊＊

宮殿裏の滑走路から自家用ジェット機で約八時間半。

菖蒲、ハビブたち四人とSP十人、そして犬猫家族十六匹は、シャルル・ド・ゴール国際空港へ到着した。

「うわ〜っ。寝てる間にフランスに着いた〜っ。ボンジュールだね！」

言葉のまま、遊んで食べて眠ってを繰り返すうちに、自国から転々と移動しフランスまで来てしまったマリウスは、ハビブのところで着替えた民族衣装が気に入ってか、いっそうはしゃいでいる。

しかも、ここからはフランス語でいくらしい。素晴らしい天才児だ。VIP専用の通路を、SPの手を引っ張り暴走気味だが、とにかくご機嫌だ。それがまた、とても愛らしい。

だが、その様子に和む間もなく、菖蒲はことあるごとに数ばかり数えている。

（一、二、三、四、五、六、七わんに両親OK。一、二、三、四、五にゃんに、こっちも両親OK。とりあえず、首輪で色分けしてくれているのがありがたい。これがなかったらみんなそっくりで、数えている間にわからなくなりそうだ）

仔犬や仔猫たちには、前もって二匹から三匹に一人の割合で担当するSPが決められていた。

リードにも繋がれ、親の犬猫たちも移動時はちゃんと我が子たちを見ているのがわかる。

しかし、それでも気になり、つい数えてしまう。気がついたら一匹足りないとなってからでは、取り返しがつかないからだ。

「三、四、五……」

気づけばハビブも似たようなことをしていた。意外と子煩悩《こぼんのう》だと思う。

確認が取れてホッとしたのが、その表情からもわかる。

普段はターバンのように巻いているグドラが、今日はイカールで固定されているためか、動くたびにふわりと揺れる。それが彼の横顔をいっそう美しくも穏やかに見せる。

（ハビブ様ってば）

ふっと菖蒲の口元に笑みがこぼれる。

こうした瞬間に実感できる、彼の優しさが嬉しい。

散財に関しては言葉もないが、その行動には不思議なほど傲慢さがない。

「マンスール様。お車をご用意しております。さ、こちらへ」

それでも空港に配備された警察官たちに案内をされると、表情が引き締まる。

今回はプライベートで来ているが、本来国賓待遇でもおかしくない立場だ。

ましてや今日は、一国の王子であるマリウスも同行している。

彼の立場を守ると同時に、手本となる立ち振る舞いを意識しているのかもしれない。

「クレイグ、フォール。先でいいか？」

「いいよ」

「いつもありがとう」

空港からシャトー・ブランへ向かうのに用意された漆黒のリンカーンリムジンは三台。上座は座席のスタイルによっても変わってくるが、ハビブは自分より年長者に先を譲るのが常だ。

だが、座席がL字型でテーブルがセットされているタイプのリムジンは、ドアから奥へ進む動作があるため、こうして確認を取る。

「マリウス」

「僕、菖蒲ちゃんのお膝の上がいいな〜っ」

「何を甘えてる。いいから、早く乗れ」

「は〜いっ」

そうして先に三人を乗せて、マリウスの隣のドア付近には、専任のSPが座った。

後部席にはハビブと菖蒲が落ち着いて、犬猫一家は残りの二台にSPともども分かれて乗り込み、一路シャトー・ブランへ向かう。

空港のあるロワシーから、ヴェマール方面に車で十五分程度の距離だ。

また、ハビブが購入したタウンハウスは、空港から車で四十五分程度のパリ市内の中心にあるため、シャトー・ブランとは反対方向になる。

ホテルで二泊したのちには、こちらでも一泊、二泊は全員揃って宿泊をする予定だ。

とはいえ、自分が暇《いとま》を願い出てからわずか一日足らずの間にここまで来ていることを考えると、菖蒲は申し訳なさでいっぱいになった。

「大がかりになってしまいましたね。すみません。私の我が儘から、ご迷惑をおかけして——」

本来なら、久しぶりに揃った友人たちで、バカンスを過ごす予定だった。

それこそ宮殿の敷地内で、のんびりまったりと。

そこは予定を預かっていた菖蒲が一番よくわかっている。

しかし、ハビブはこれに笑顔で返してくる。

「何を言ってるんだ。これは俺が決めたことだから、気にしなくていい。いつも言っているだろう。考え方次第だ。こうした突拍子もない行動のおかげで、潤う人間がいる。俺は世の中に金を回すために使うし、そのために稼いでるんだから、なんの問題もない。むしろ通常運転だ。なあ、フォール。クレイグ」

その思想がバカンスではなく、仕事ありきの日常だと思うのに、彼はまるで気にしない。

「確かに。仮にタウンハウスの別荘を使うのが今回限りであっても、二次使用やその管理、修復なんかで常に人と賃金が回るからね」

「あとはあれだよ！　ハビブがこういう買い物をしたいときに、迷うことなくポンポンって即決できることが、常日頃の自分たちの成果だって胸を張る側近たちもいる。彼らも当然、いざってときの二次使用は考えていると思うよ。本当、彼らも働いて稼ぐのが大好きだから」

類は友を呼ぶとはよく言ったもので、こうした考え方はクレイグやフォールも一緒だ。

むしろ、この状況を楽しみ始めている。

「そろそろ着くぞ、菖蒲」

「あ、はい」

そうして車移動で一時間が経った頃、菖蒲はハビブに声をかけられた。リムジン三台が続けてシャトー・ブランの庭園を通り、エントランスキャノピーの下へ走り込んでいく。

年代がかった白亜の古城は、美しい中にも厳格さがある。

特に中央からのシンメトリーは、エントランス扉のドアノブ一つ、装飾ひとつをとっても圧巻で。

菖蒲は改めて感動し、シャトー・ブランへの愛情が湧き起こってくるのが止められなかった。

（かれこれ一年ぶりか――。変わっていないな、この重厚感。貴族たちの華やかな生活、栄華の時代を思わせる。歴史の重みが放つインパクトは､近代建築にはない。やはり古城ならではのものだ）

ベルボーイに出迎えられて、ドアに近いＳＰから順に降りる。

だが、ここで菖蒲は後続の二台に対し、数人のＳＰに待機を願った。

「ペット同伴の入り口は別に用意しているホテルなので、ここで待っていていただけますか」

「かしこまりました」

理由は、リムジンの窓ガラスにへばりつき、わずかに開けられた隙間から前脚や鼻先を覗かせて、「早く出して」「遊ぼ～」と尾っぽを振り続けている十六匹だ。一見してわかるほど高揚している。

（ん？）

しかし、再びエントランスへ目を向けると、菖蒲は眉を顰めた。

「どうした？　菖蒲」

「……いえ。なんでも」

ハビブの敏感さにドキリとしつつ、菖蒲は前を行くフォールたちのあとをついていく。

石造りの支柱を彩るように巻きつけられた螺旋《らせん》階段に囲まれたエントランスフロアを、正面から真っ直ぐに進む。

（チェックアウトの時間は過ぎているし、チェックインのピークには少し早い。とはいえ、人がまばらだな――。シーズンオフの平日だし、仕方がないのか？）

五階建てのうち、ここは三階部分までが吹き抜けとなっているフロアだが、その開放感に煌びやかさを演出しているのが、五つの豪華なシャンデリア。そして、日中そのシャンデリアを輝かせているのが、エントランス扉の上、二階三階部分の壁に組み込まれた大きなステンドグラスから入る外の光だ。

また、側面の壁やフロントの壁には美術品としての価値も高い絵画が飾られ、要所要所に石像やオブジェなども展示されている。

菖蒲はそれらをじっくりと見回して、フロントまで歩く。

しかし、その表情には一度も笑みが浮かばない。

「いらっしゃいませ、フォール様。ご一行様」

フロント内から、黒服姿の初老紳士とスタッフの若い男女二人が揃って歩み寄ってきた。

「このたびは当ホテルをご利用いただきまして、誠にありがとうございます。スタッフ一同、心よりお待ちしておりました。私が支配人のロージェルと申します」

「僕がフォールだ。よろしく頼む。残りの連れがまだ車だけど、先にチェックインを」

「さようでいらっしゃいますか。すでにお部屋のご用意はできております」

「ただ今、当ホテルのラサーニュにも、皆様のご到着を伝えました。すぐに参りますので、専用フロントへご案内いたします」

「お連れ様は私がご案内いたします。どうぞ皆様、お先に」

ロージェルにしても、男女のスタッフにしても、とても人当たりのよさそうな人物だった。

だが、菖蒲の初めて見る顔だ。

しかも、フロント内どころか、フロアを見渡しても、見知った顔が一人もいない。

（まさか、スタッフを総取り替えしたなんて言わないよな？　別のホテルに来たみたいだ）

ホテルの世界観を作るのは、建物や装飾品ばかりではない。

むしろ、そこに勤める人々こそが、全体の雰囲気を作り上げていくと言ってもいいほどだ。

そう考えると、ここはシャトー・ブランでありながら、菖蒲にとっては別のホテル。ここまでの状況だけでも、最初に芽生えた不安は大きくなるばかりだ。

だが、今はその前に――と、菖蒲は背後から一歩前へ出る。

「すみません。連れの案内は結構ですので、エグゼクティブフロアへ上がるセカンドエレベーターを使用していいですか？　先に連絡したとおり、ペットを同伴しています。一度に移動するには数が多くて、車内で待機させているんです」

「それでしたら、このままご一緒にどうぞ。わんちゃんに猫ちゃんですよね」

「一緒にですか？　以前は他のお客様に配慮して、セカンド利用だったはずですが」

思わず語尾がうわずった。戸惑いが隠せずにいる菖蒲に、ハビブやフォールたちも顔を見合わせる。

ロージェルにいたっては、菖蒲が初見の宿泊客ではないことに気付いて、動揺し始める。

「それはお気遣いをいただきまして、ありがとうございます。ですが、現在はペット同伴のお客様にもご不自由がないよう、メインエレベーターをご利用いただいております」

「それは、オーナーが代わってからのご配慮で――、ということですか？」

「大変申し訳ございません。私は半年前にこちらに来たばかりで……。お時間をいただければ、詳しい者に話を聞いて参ります」

「――いえ、そこまでは。これからオーナーにお目にかかりますし」

「さようですか。では、私がお連れ様を呼びに参りますね」

いずれにしても、これ以上は彼女に聞いても仕方がない。

しかし、それはそれで、これはこれだった。

「いえ、あの！　やはりセカンドエレベーターを利用させていただけませんか？」

さすがに犬猫が一匹や二匹ではないので、菖蒲は裏口に近いエレベーターにこだわり続けた。

「大変申し訳ございません。そのエレベーターは現在スタッフ専用になっておりまして――」

「ここのエグゼクティブフロアの専用エレベーターは、メインにセカンド、スタッフ専用の三カ所ではありませんでしたっけ？」

「以前はそうだったのかもしれないのですが……」

結果は入社半年足らずの彼女を困らせただけだった。

「――そうですか。わかりました」

さすがにここは引くしかなくて、菖蒲は彼女にSPと犬猫たちの誘導を任せ、男性スタッフの案内でエレベーターフロアに向かう。

「やけにこだわったな。そんなに気にするようなことか？　一人で何匹か抱えて入るつもりでいたから、ケージ代わりの布バッグは用意してきたぞ」

途中、ハビブが菖蒲の耳元に顔を寄せてきた。

スタッフには聞こえないよう、かなり小声だ。

「仔犬、仔猫にメインクーンはよしとしても、イングリッシュマスティフの外見は闘犬です。もちろん、躾は行き届いていますけど……、人によっては怖いと思うかもしれません」

「それを言ったらSP連中のほうが厳ついし、見た目もほぼギャングだろう。むしろ、あいつらに一人一匹仔犬仔猫を任せるほうが、印象操作としてはちょうどいいくらいじゃないのか？」

フロアでエレベーターを待つ間、「ほら」と目配せされた先には、布バッグに担当の仔犬や仔猫を入れて抱えたSPたちが、次々と現れた。バッグからひょっこりと顔だけを出した仔犬や仔猫の愛くるしさに、それを見ていた他の客たちも「あらあら」「可愛らしい」といった表情だ。

SPたちの厳つさとのギャップが、かえって愛らしさを倍増させている。

「……まあ、確かに」

そうとしか言えない光景だが、そういうことではないと、菖蒲は言いたい。

「ついで、いーとまーならマリウスが中和してくれる」

しかも、菖蒲が一番気にかけたイングリッシュマスティフの夫婦に関しては、いつの間にかマリウスが玄関まで駆け寄り、いーちゃんの背に跨《また》がっている。

マリウスだけに意図して——とは思えないが、随分メルヘンチックな雰囲気だ。

おかけでこれにも菖蒲は「……はい」としか答えられない。

渋々ながら、到着したエレベーターに乗り込む。

(そういう問題だけじゃないんだけどな……。それにしても、セカンドがスタッフ用ってどういうことだ？　二台をスタッフが使う必要はないし、まさか経費削減で二台しか稼働してないのか？)

主やその友人たちが一緒だというのに、すっかり黙り込んでしまった。

愛想《あいそ》笑いさえ浮かばない。

しかも、チン——というベルの音とともに、エグゼクティブフロアへ到着したときだ。

(——!!)

菖蒲は、エレベーターフロアに降り立ったところで、その壁面に飾られていた絵画を目にして、一瞬立ち止まった。

「今度はなんだ？」

ハビブがそう聞きたくなるほど、表情が険しくなっていたのだろう。

だが、菖蒲は「いえ」としか口にできない。かろうじて微笑んではみせたものの、どうしてかそれを受けたハビブのほうが顔を引きつらせた。

これにはクレイグやフォールも釣られたようにギョッとしている。

「お待ちしておりました。フォール様ご一行様でいらっしゃいますね」

「こちらにて、チェックインをお願いいたします」

エレーベーターの到着を待ちかねたように、フロアの担当者たちが寄ってきた。

すると、ＳＰの一人が気を利かせて、「私が済ませて参ります」と、フロントへ向かう。

「大変お待たせしました。オーナーのラサーニュが参りました」

そこへ、同乗していた男性スタッフが声を上げる。

その視線の先には、奥から足早に駆け寄ってきたスーツ姿の男性がいた。

（――）

古城ホテルのオーナーというにはまだ若い。三十を過ぎたばかりの大和は、後妻に入った母親が日本人ということもあり黒髪に黒い瞳を持っているが、顔立ちは彫りが深く知性的なハンサムだ。

菖蒲が以前会ったときには、自ら組んだソフトウエアをヒットさせて立ち上げたＩＴ企業の代表取締役社長として奮闘していた。

しかも、それでいて「ホテルの顧客情報管理のシステム強化をしてほしい」と願ったジェロームに対し、「身内仕事は揉めたときに面倒だからノー」と言い放ったくらい、シャトー・ブランとは距離を置き続けてきた男でもある。

「お待たせいたしました。私が現在のシャトー・ブラン当主、大和・アラン・ラサーニュと申しま
……、誠？」

それでも菖蒲の顔は覚えていたようだ。

大和は、挨拶《あいさつ》もそこそこに目を見開いた。わずかに彼の口角が上がっている。

菖蒲には、とても意外なことだった。

「ご無沙汰《ぶさた》しております。このたびは、突然お伺いし、申し訳ありません。その節は大変お世話になりました。香山配膳の菖蒲誠です」

「――何、恐縮ぶってるんだ。以前はもう少し遠慮しろと言っても、〝私はあなたに雇われてるわけではありません〟が口癖だったのに。兄の友人って誠のことだったのか。でも、どうして今頃……」

大和は菖蒲が想像もしていなかったほど再会を喜び、懐かしいという気持ちを見せてきた。

一瞬だが、菖蒲が宿泊客の一人として訪れたことさえ、忘れてしまったような話しぶりだ。

以前はもっと、何事にもクールだったと思うのに――。

「大勢で押しかけて申し訳ない。予約をしたフォールです。最近になって訃報を知った菖蒲が、動揺していたのでね。我々も友人として放っておけなくて――。それに、僕も同業者として、一度シャトー・ブランの新しいオーナーにはご挨拶をしておきたかったもので」

さりげなく菖蒲と大和の間にフォールが入った。

どちらからともなく握手を交わす。

「そう！　僕たち菖蒲ちゃんが心配だから、みんなでついてきたんだよ！　大和さん、いーちゃんたちの分までお部屋を用意してくれて、ありがとう！」

「っ⁉」

いきなり足下から話に潜り込んできたのは、後続のエレベーターに乗ってきたマリウス。

当然、SPやイングリッシュマスティフたちも一緒だったが、さすがに彼らはエレベーターフロアで待機しているようだ。

「ハビブ様。チェックインが終わりました」

そこへ、先ほど一人でフロントへ向かったSPが戻ってきた。予約はフォールが入れたが、支払いは「全員で一緒に行こう」と誘ったハビブが持つことになっている。

普段ならこうした手続きも菖蒲がするところだが、今回は事情が事情なので、SPたちが率先して動いてくれている。

「どうする？　菖蒲。気がかりは先に済ませたほうがいいと思うが」

ハビブが立ち尽くしていた菖蒲の腕に軽く触れる。

「――はい。では、お部屋を確認した上で、失礼して墓地へ行って参ります」

「いや、俺たちも一緒に行くけど」

そんなつもりはまったくなかっただけに、思わず菖蒲は「え!?」と漏らしそうになる。

「安心しろ。さすがに犬猫たちは置いていく」

「ハビブ様？」

何をどう考えても、まったく面識のないジェロームの墓参りにハビブやマリウスたちが同行するのは変だろう。菖蒲は困惑ばかりが起こる。

「だって、フォールも行くんだろう。三人よりは六人のほうが気を遣わなくて、いいんじゃないのか？　菖蒲だけでなく、フォールや彼も」

「――」

しかし、そう言われて、ようやく理解した。

確かにフォールを交えた三人で墓地へ行き来するなら、当たり障《さわ》りのない世間話しかできない。

かといって、フォールに遠慮してほしいというのも筋が違うし、あとで大和に二人きりで会う時間を取ってもらうのでは、肝心《かんじん》なことが後回しになる。

「だろう」

「お気遣い、ありがとうございます」

「まあ。よくできた主としては、当然のことだけどな」

結局、菖蒲はハビブからの提案を受け入れて、ジェロームが眠る墓地へ行くことにした。

行きのリムジンでは、大和を交えて簡単な自己紹介と他愛のない世間話を。

そして、六人で墓参りをし、その後はハビブたちがリムジン内で待機する形で、菖蒲は大和との時間を作ってもらった。

4

菖蒲と大和は物言わぬ墓石の前に佇んでいた。

「それで、ジェロームのことはフォール氏から聞いたのか？　マンスール氏は何者だ？　それに、あの子供と英国紳士、ＳＰまではまだわかる。だが、同伴してきた犬猫十六匹って――。どういう集団なのか、改めて説明してくれないか？　さっきの自己紹介だけでは、さっぱり理解ができなかった」

大和は二人きりになると、開口一番に状況説明を求めてきた。

再会から時間が経つにつれて、彼も落ち着いてきたのだろう。以前のクールな印象に戻っている。

「相変わらず用件のみって聞き方だな。俺は今、アラブ系の大富豪、ハビブ・マンスール様のもとに派遣されて、給仕長として仕えている。欧州のホテル王のフォール様と、英国の不動産王のクレイグ様、そしてベルフ国のマリウス王子は、主のとても親しい友人だ。フォール氏との世間話で、ジェロームの死を知り、大和がオーナーを継いだことを知った。いても立ってもいられなくなり、休暇を申し出たら、こういうことになった。まあ、一般的には理解しがたいことだと、俺も思っているよ」

しかし、調子が戻ってきたのは、大和だけではない。

菖蒲もまた、ここに至るまでの動揺や様々な感情が治まり、大分冷静になってきた。

そのことは大和にも通じているようで、このあたりはお互い様なのかもしれない。

それこそジェロームを介していたときから――。

「派遣で給仕長ね。ハーレム一番のお気に入りだと言われるほうが、納得のできる待遇だな」

「は？」

身長差があるとはいえ、上から目線で言われたのに腹が立つ。

一瞬にして、菖蒲の口から「喧嘩《けんか》を売ってるのか」と漏れそうになる。

そうでなくとも菖蒲にとってハビブに絡むこと、ましてやハーレム絡みの話題は地雷《じらい》だ。

決して他人には触れられたくない、心の奥に秘めた聖域でもある。

「普通に、他人がここまでしてくれる理由を考えたら――だ。ただ、俺にはよくわからないが、誠は配膳サービスだけでジェロームやスタッフを心酔させた男だ。だから、きっとあの大富豪もそうなんだろう」

大和が洒落や冗談ではなく、本当に世間一般的な見方で話をしたのは、菖蒲にも理解ができた。

「ただ、仮にそうだとしても、親切の域は超えて見える。使用人の墓参りに付き合うのに、友人やSPたちを引き連れて渡仏してくるなんて――。しかも、五つ星ホテルのエグゼクティブフロア二階分を丸ごと貸し切りは、理解の範囲を超えている。現実離れしすぎているけどな」

しかも、菖蒲の仕事だけは認めてくるところが厄介だ。

たとえ今は亡きジェロームの評価を基準にしていたとしても――。

「そこは否定しないかな。だが、今日になっても俺の仕事がよくわからないと言いきる大和がシャトー・ブランを継いだことよりは、理解の範囲内だ」

時間は有限だ。このあとにディナーも控えていることだし、菖蒲は本題に切り込んだ。

いったいシャトー・ブランは、どうしてこうなったのだ⁉　と。

すると、大和も菖蒲がここまで来た理由に、ある程度の予想は立てていたのだろう。

わざとらしいほど大きな溜息をついてみせた。

「仕方がないだろう。癌が見つかったときには、すでに末期だったジェロームから呼び出されて、病床で懇願されたんだ。しかも、親戚連中は俺がノーと言うのをギラギラした目で待っていて……。だが、一晩考えさせてくれと言った間に、ジェロームは昏睡し、二日後に他界した。その後は弁護士から遺言状を突きつけられて――。従業員たちからは不安の声が上がって……。放棄なんて言い出せる状況じゃなかった」

（しまった。これは大和の地雷だったのか）

そう気付いたときは、もう遅い。

大和はここぞとばかりに、菖蒲に愚痴り始めた。

「もちろん、ジェロームは、いったん引き継いで、自分亡きあとのホテルを落ち着かせてくれれば、そこから先は俺の判断に任せるとも言っていた。けど、宿泊や宴会の予約がかなり先まで埋まっていた。とにかくこれは消化しなきゃいけないんだろうと、ひとまず現場の連中に任せることにした。するとあっと言う間に内部分裂だ。そもそもジェロームの体調に陰りが見えた頃から、スタッフ仲に亀裂《きれつ》が入り始めていたとか。知るかよって話だ」

口調から伝わる「ふざけるな、馬鹿野郎」感が半端ない。

しかも、菖蒲が踏まれた地雷とは、そもそもの大きさが違っていたようだ。

大和の愚痴が止まらない。

「世間から見れば、莫大な資産を受け継いだように見えるかもしれないが、俺からすればただの迷惑だ。ホテルとはいえ、文化遺産レベルの古城の維持なんて、長期的な出費かつ負担でしかない。俺が気付いていなかっただけで、本当はジェロームには嫌われ、恨まれていたのか？　後妻の、それも異国人が産んだ異母兄弟なんて、結局は煩わしいだけの存在だったのかと、聞けるものなら聞きたいくらいだ」

菖蒲が彼の引き継ぎ話を聞いたとき、確かに一念発起《いちねんほっき》でホテル事業に転職、専念したとは、思わなかった。だが、まさかここまでイヤイヤ引き継いだとは考えておらず、菖蒲は自分の軽はずみな言動に猛省してしまう。

しかも、大和が自身の生い立ちに対し、こんなふうに気にしていたことには、ただ驚く。

こうなると、せめてジェロームが弟・大和に抱いていた愛情だけは守らねば――と、変な使命感さえ起こってきた。

「いや、それはない。ジェロームは大和を弟として、またお義母さんはもう一人の母として、ちゃんと愛していた。だからこそ、大和がホテル経営やサービス業が肌に合わない、別のジャンルのほうが努力も大成もできると理解していたし――。その結果、大和だって家業とは関係のない道を選択して、好きなだけ勉強にも仕事にも邁進《まいしん》できたんだろう。実際、俺が会った頃には、充分成功も弟として奔走《ほんそう》する兄を、ホテルを引き継いで父の亡きあと、家業にまるで興味を示さない。ジェロームにしかわからない。していたじゃないか」

ジェロームの本心は、ジェロームにしかわからない。

だが、家業にまるで興味を示さない。父の亡きあと、ホテルを引き継いで奔走《ほんそう》する兄を、弟として手伝う素振《そぶ》りもない。

こう言ってはなんだが、そんな大和に対しては、菖蒲のほうがよほど悪感情を抱いていたし、それを包み隠さずに大和本人にもぶつけたこともある。

しかし、そんな菖蒲を宥《なだ》めて、「弟には弟の人生や自由がある。俺にはそれを守ってやることしかできないから」と、大和を庇《かば》っていたのは兄のジェロームだ。

菖蒲からすれば、これ以上の愛情があるだろうか？　と思う。

と同時に、だからこそ最期《さいご》に縋《すが》った相手も大和だった。ジェロームには大和以上に信頼していた人間はいなかったのではないか？　とも考えた。三年もの間シャトー・ブランに尽力しながら、何一つ連絡をもらっていない菖蒲にとっては、この上なく切ない話だが——。

「でも、これらすべてを承知の上で、ジェロームが一時的にでも大和にシャトー・ブランを託《たく》したいと言ったなら、それは最初で最後の賭けだったんじゃないか？　いっときでもホテルにかかわり、それでも無理だと実感したなら、諦めもつく……みたいな」

ただ、言葉には出さずとも、菖蒲の行き場のない気持ちは、自然と声色や語尾に表れていたのだろう。そこは大和も汲《く》み取ったらしく、今一度溜息はついたが、猛烈な勢いでの愚痴はここで終わった。

「だとしても勝手なものだ。せめて直系の跡継ぎでも残してくれれば、中継ぎだけの我慢だと腹をくくって、ゴールも見えるのに。ジェロームに妻子がいなかったおかげで、俺はシャトー・ブランを後世に引き継がせるための妻子までせっつかれて。それができないなら跡継ぎを育成しろと急き立てられた。それも我先にと、甥《おい》や姪《めい》たちを押しつけようとして。父方の叔父《おじ》たちにも、それを援護する幹部たちにも、ほとほとうんざりだ」

しかし、愚痴ったあとには、今後に対する嫌気と不安しか残らない。

菖蒲までもが、不安になってくるほどだ。

「――それで、スタッフを入れ替えた？　私がいた頃には、親族の幹部やスタッフたちが、それなりにいたと思うんだけど」

「けっこうどころか、半分以上は入れ替えたな。親族に関しては、丸ごと切った」

「え!?　そんなことをして暴動が起こらなかったの？」

しかも、聞けば聞くほど返ってくるのは、菖蒲では想像もできなかった答えばかり。

どうりで別のホテルへ来たようにしか思えなかったはずだ。

これでは身内に引き継がれたというよりは、第三者に転売されたのと大差がない。

やはり菖蒲が、到着後に肌で感じたことが、すべてだった。

「俺はまったくの素人《しろうと》なんだから、現場のことはこれまでジェロームのもとで頑張ってきた者たちに任せると言ったのに。半年も経たないうちに分裂していた。もう誰がいいとか悪いとかって話じゃない。ジェロームはオーナー支配人として頑張れたかもしれないが、俺はただのオーナーを担《にな》うだけでも精一杯だ。そういう現実までフルオープンにして任せる、頼むと言ったのに、上手くいかなくなると、俺に全部を決めろ。誰が正しいのか判断しろだ。知るかって話だ。俺にだって自分の会社があるのに、辞めてこっちに集中しろとまで言われて。その結果の入れ替えだ」

ただ、大和は大和なりに、ジェローームを慕っていた。だからこそ、自分にできることはしてきたのだろう。

無知な自分が現場で陣頭指揮《じんとうしき》に立ったところで、スタッフの足を引っぱりかねない。

それならオーナーとして、シャトー・ブランの存続と資産価値を守ることに専念し、現場はプロフェッショナルに任せることがベストだと判断し、また実行した。

それは間違いではないし、最良の選択だと菖蒲も思う。

もしかしたら最期にジェロームが彼を頼ったのも、こうした形であっても切り盛りしてくれるシャトー・ブランそのものを守ってくれると、想定したからかもしれない。

「――誠なら、ジェロームが継いだときでさえ、派閥ができ上がっていて、面倒だったとわかるだろう。そもそも父親の代から、我の強い幹部ばかりで、さらに叔父たちがサポートと称して経営陣に入り込んでいたから、ぶつかり合いなんてしょっちゅうだ。その上、スタッフに前妻の親族もいたから、死別後に後妻で入った母親は、かなりチクチクやられて。当然、そんな渦中《かちゅう》で生まれた俺も巻き添えだ。合う合わない以前に、俺は物心ついたときからシャトー・ブランにかかわる人間たちが大嫌いだ」

とはいえ。さすがにジェロームも、ここまで大和が親族嫌い、シャトー・ブランが嫌いだったとは考えていなかったのかもしれない。

　仮に、ここまでわかっていた上で、大和にシャトー・ブランを任せたというなら、本当に一か八かの賭けだ。大和を信じていたのと同じくらいスタッフを信じ、お互い適材適所でプロフェッショナルに徹して、今後も盛り立てていってくれという、まさに命がけの期待だ。

「今にして思えば、直系だからという理由で有無も言わせてもらえずに引き継いだジェロームも、大変だったんだろう。親戚連中は城主に勝手な期待を抱いて、責務も負わずに血統を盾に権利を主張する。その一方で、まるで古城に取り憑《つ》かれたのかっていうくらい、サービスクオリティがどうこう言い続けて、スタッフまでもが争うんだから、これをまとめていたのは本当にすごい。けど、俺はジェロームじゃない。自分にだって会社があって、社員がいるんだから、シャトー・ブランに関しては、これまでどおり切り盛りしていけるだけの売り上げ目標を設定して、あとは任せる以外にできることはない」

　ただ、ここまで聞いて菖蒲は、ジェローム自身も病に倒れたことで失念があったのではないか？と思うことがあった。

　一つ目は、大和本人が言うように、彼自身が起こして、経営しているＩＴ会社の存在だ。

　当然そこには、社員とその家族の生活がある。仕事に愛着があるだけでなく、大和は責任感がとても強い。それはジェロームに勝るとも劣らずなのだから、これらを手放して、シャトー・ブランにのみ心血を注ぐことは有り得ないだろう。

　そして二つ目、これが一番致命的だ。

いずれは家業を継ぐ覚悟を持って、ジェロームは十代の頃からホテルマンとしての知識や教養を身につけてきた。実際、現場にも出て、接客経験も積んでいる。

だが、そんな彼でさえ、自分が思い描いた理想のシャトー・ブランに辿り着くまでには、菖蒲を迎えて三年という月日がかかっている。

しかも、五つ星の評価を得た時点でさえ、菖蒲から見れば、まだまだこれからだろうなと思うことが多々あった。スタッフ全員に勉強してもらった技術や精神が身について当たり前のものになっていたかと聞かれたら、頑張っている途中の者たちも多かったからだ。

それもあり、菖蒲はシャトー・ブランを去るときに、ジェロームにはくれぐれもと言い残した。

〝私が見てきた五つ星の世界は、今ここで目指しているサービスが当たり前です。その上で、常によりよいサービスを目指して、各社が切磋琢磨《せっさたくま》し、社員教育もしています。今後も向上心だけは忘れないでください。貴方の理想や夢を現実のものとして保つためにも――〟

もちろん、ジェロームは充分理解し、承知していたと思う。

彼が生きてさえいれば、菖蒲は今も変わらぬシャトー・ブランに、もっと優良となったシャトー・ブランに再会できたかもしれない。

だが、それが大和には伝わらず、当然理解もされていないことはよくわかる。

そうでなければ、誰が三年かけて育てた有能なスタッフを、半分以上も入れ替えるのだ。

新しいスタッフを、残ったスタッフと同等の技術と精神にまで高めるのに、いったいどれだけの教育と時間がかかると思っているのだ。

むしろ、残されたスタッフからすれば、新しい方へ流れていくほうが楽だ。

そう感じた瞬間に、自身のサービスレベルの規準を無意識のうちに変えているだろう。

そして、その結果が今のシャトー・ブランだ。

到着早々、菖蒲の眉間に皺《しわ》を作り続けた、今となっては名ばかりの五つ星ホテル。その名さえ、時間の問題だ。

「それで目標は達成できてるの?」

聞いてはみたが、すっかり菖蒲の語尾からは、力が抜けていた。

「まあ、今のところは」

「なら、今後もそれを継続していけそうなの?」

さんざん愚痴は聞いたので、一応未来予想図も聞いてみる。

「そこは支配人と現場管理者たちの裁量《さいりょう》だな。ただ、今月来月あたりまでは、ジェローム時代から予約されていた大口の結婚披露宴や宿泊予定が入っている。新規の営業にはそれなりの人材もヘッドハントして動いてもらっている。シーズンオフの今でも、客室の七割が埋まっているし、これを維持できればどうにか回していけるだろう」

しかし、ここで菖蒲は我慢できずに、溜息を漏らした。

思いのほか大和が自信ありげに放ったからだ。

それも「いけるだろう」と言いつつも、「充分いけてるだろう」と、菖蒲に賛同を求めるように。

「そうだね。これまでの常連客が離れて、五つ星ホテルのランクも下がって、空港に近い古城が売りのお手頃ペット可ホテルとしてなら」

菖蒲は彼から顔を逸らして、なおも溜息をつく。

「どういう意味だ」

「言葉のままだけど」

「それならもっとはっきりと言えよ！」

ただ、さすがにこの態度には腹が立ったのか、大和が肩を摑《つか》んできた。

その瞬間、我慢も限界を超えた菖蒲が、振り向きざまに彼の手を払って言い放つ。

「――なら、言わせてもらう。エントランスの掃除が徹底されていないホテルは、そもそも星を付けるような格付け候補に値するとは思えない」

「なんだって？」

「玄関扉の隅に落ち葉が挟まっていた。ベルボーイの配慮が足りていないのか、仕事として教えられていないのかは、わからない。でも俺がいたときには、自分の持ち場に関しては、徹底清掃を認識させていた。落ち葉の一枚二枚、拾って捨てればいいだけだ。けど、まったく気がついている様子がなかったのは、ホテル側の教育がなってないからだ」

菖蒲は、逆に彼の胸ぐらを摑み返して、その顔を見上げた。

ここに来て引っかかり続けていたことが、止めどなく溢れ出す。

「しかも、絵画や調度品は、毎日掃除し、品質の確認をさせているのか？　額縁の隅に埃《ほこり》が残っていた。宿泊客が顔を寄せられる高さのものなのに、これも神経が行き届いていない。これなら毎日は確認していません、三日に一度ですって言われるほうが、まだ救いがある。むしろ言ってくれ！」

大和は驚いて、最初は目を見開いていた。

菖蒲に摑まれた胸元を解くこともなく、浴びるように指摘を食らう。

「だいたい、こちらから裏口を使わせてほしいと言うくらい、ペット同伴には気を遣っているのに、正面玄関から堂々とお入りくださいって、なんなんだ!?　こればかりは個々に好き嫌いがあって否めないものだから、どちらのお客様にも配慮するってことで、同伴用の入り口とセカンドエレベーターを設けさせたはずだ。それが、今では使われていないどころか、スタッフ専用になっているって、意味がわからない！」

だが、これらはあくまでも現場の話であって、そもそもそこには自身の責任を置いていない大和では、言われたことの半分もわからないかもしれない。

なので、菖蒲は早々にオーナーである彼自身の仕事に攻撃の標的を移した。

「オーナーが、新たなヴィジョンを打ち立てて、現場のスタッフに任せて改正していくのは間違いじゃない。信頼関係が増すし、スタッフのやり甲斐にも繫がる。だが、俺には大和にヴィジョンがあるようには、まったく感じない。むしろ、これまでのシャトー・ブランを継承、維持していくために、売り上げ目標も設定したし、スタッフの入れ替えもしたんだと言っているように聞こえた。けど、その結果。ホテルの質が落ちていることに気付いていないのは、大問題だ。ホテル事業がわからないから、わかる人間に任せたんだと言うかもしれないが、その人間が、以前のシャトー・ブランなり、他の五つ星ホテルのサービスレベルを理解していなければ、どうしようもないだろう！」

一番腹立たしいところで、自然と両手に力がこもる。

わからないなら、わからないに徹してくれるぶんには、腹は立たなかった。

しかし、大和が古城の維持費やホテル経営を重く見ているのはわかるが、それ以上に現場のなんたるかを軽視しているのがわかり、これが菖蒲には我慢ならなかった。

興味がなくても、知識がなくても、それ自体は問題ではない。

ただ、知りもしないくせに知ったかぶった人事で格を落としているにもかかわらず、堂々と維持できていると思い込んでいる勘違いぶりが許せなかったのだ。

「そもそも新しいスタッフたち、特に支配人はどこから引っぱってきた。人柄はよさそうだし、経験者だとは思う。けど、フォールと初対面ってところで、五つ星を担えるだけの経験と実績が足りているとは思えない。仮に今はなくても、これからレベルアップしていくなら、五つ星がどんなサービスや空気を持つホテルなのかは、肌で理解していてほしい。このままでは、ちょっと豪勢なペット可ホテルになっていくだけだ」

それでも内心、言いすぎであることは理解していた。

この腹立たしさは、私情が大半であることも――。

「もちろん。これらは経営さえ成り立っていけばいいと思うオーナーが、気にすることじゃない。今後は俺みたいな重箱の隅を突くような宿泊客は減るだろうし、来なくなる。満足度が落ちれば他を探すだけだ。代わりに新規の客が定着するなら、問題はないだろう。ただし、そのときには価格設定を見直すことだけは勧める。価格に、サービスが追いついているとは思えない。器だけがよくても、中身の伴っていないホテルが潰れていったケースなんか、いくらでもあるからな」

何をどう思ったところで、菖蒲は香山配膳の人間だ。シャトー・ブランの社員でもなければ、経営者一族でもない。どんなに過去三年という月日を過ごしたところで、所詮は他社からの出向者だ。

だから、肝心なときにも連絡がこない。それ以前に、自分からもこの一年、一度もアプローチをしていなかったのだから、どうしようもない。

これらの現実を思い知ったことへの腹立たしさであり、やるせなさだ。八つ当たりだ。

「――」

あまりの剣幕でまくし立てられたからか、大和は一言も返してこなかった。

「ごめん――。ごめんなさい。はっきり言うにも限度がありました」

菖蒲は大和の胸ぐらから手を離すと、乱してしまったスーツの前を直す。

ここまで感情的になったのは、久しぶりのことだ。後悔で指の先が震える。

「――というよりは、八つ当たりです。何に、っていうのは説明しにくいけど……。今のは俺が非常識でした。語る資格はありません」

両手を引くと、頭を下げて暴言を謝罪した。

同時に、双眸《そうぼう》を潤《うるお》し、今にも流れ落ちそうな涙をグッと堪えた。

(最悪だ。なんのために来たんだろう。ハビブ様たちにも申し訳がなくて、今すぐ消えたいくらいだ。こんな状態から二泊三日だなんて、過ごせる自信もない――)

すると、大和が今一度、菖蒲の肩を摑んできた。

それも今度は両の肩だ。軽く揺すって、頭を上げろと合図してくる。

「いや……。俺にここまで腹を立てさせても信憑性《しんぴょうせい》があるのは、ジェロームの理想を現実のものにした誠だけだ」

彼の言葉の端々からは、苦々しさがばかりが感じられた。

腹を立てているとは言っても、菖蒲が発したような怒気はない。

それ以上に、痛いとこを突かれて本気でつらいと訴えてくるからだろう。

しかし、それも一瞬のことだ。

「ただ、そうとわかれば交渉だ。正式に菖蒲誠をシャトー・ブランの再建アドバイザーとして雇いたいので、ぜひ応じてほしい」

「!?」

菖蒲が顔を上げると、大和は途端に目つきを変えた。それも、突然のヘッドハントだ。

「俺は今も過去も一貫して、古城ホテル経営にも五つ星のサービスにも興味がない。わからないし、わかりたいとも思っていないし、そもそも外泊なんて仕事道具が持ち込めて、足を伸ばして寝られればそれでいいって思っている男だ」

いきなりそんなことを言われても困ると思う反面、何よりもその言葉を待っていたようにも思える自分に嘘がつけない。

「特に、シャトー・ブランに関しては、個人的なこととはいえ、悪印象さえある。だから、継いでしまったからには仕方がないと努力はしても、所詮はこの程度だ」

面と向かい、真っ直ぐに向けられた視線を外すことができない。

何より、大和の黒い瞳に映る自分の顔には、込み上げる期待や高揚しかない。

「けど、これは俺がホテルとサービスに無関心なことが原因だ。今更それをどうこうしようと足掻《あが》いたところで、早急の対応には追いつかない」

――どうする？

そう自身に問いかけたところで、すでに答えは出てしまっている。

「俺の非は認める。だから、シャトー・ブランをどうにかしてほしい。先祖から受け継ぎ、そして兄ジェロームが完成させた最高峰のシャトー・ブランに戻してほしい」

（……え⁉）

しかし、すぐにそれが声にならなかったのは、大和の背後に、ハビブの姿が見えたから。

「それができるのは、世界中を探しても菖蒲誠だけだ。人選がなっていないと言われて、ぐうの音も出ない俺が、唯一この選択だけは違っていないと思えるのが、菖蒲誠しかいないから――」

白いグドラに解けた金糸を靡かせた、菖蒲にとってはどこの誰より今の自分を理解してほしいと願う、たった一人の男がいたからだった。


ハビブが菖蒲の様子を見に来たのは、単純に「話が長い」という理由。あとは、退屈そうだったマリウスに毛先を提供して遊ばせていたら、髪が絡まり、一つに結んでいたものが解けてしまった。

それも気になり、「早くどうにかしてくれ」と訴えるためだった。

菖蒲はホテルに戻ると、すぐにハビブの乱れた髪を整えた。

それを見ていたマリウスが「僕も～」と言って、一緒に髪を梳かされてニコニコしていたのはとても可愛かった。が、菖蒲は本当にママになったような、複雑な気分だった。

自分の立ち位置がそう見られている――というものではなく。素で楽しく「はいはい」と世話をしている自分自身を再確認した。サービス精神が旺盛なのも、時と場合によっては人を駄目にするのかもしれない――という、今更な自覚をしたからだ。

ただ、その後はすぐにディナータイムに入ったことから、込み入った話は自然と後回しになり、贅を尽くしたフレンチコースを堪能することになった。

しかし、菖蒲は心から微笑み、そして食事を堪能することができない。

いっそ自分がキッチンとの行き来をしようかと思ったほど、配膳に雑な部分がちょくちょく見られて、誉められたものではなかったからだ。

それでも担当した配膳係は、常に笑顔で愛想がよかった。これ自体は誉められることだ。

だが、裏を返せば基本的な技術がなっていない自分にまったく気付いていない。現状のサービスでパーフェクトだと思い込んでいる節が濃く、そういったスタッフが菖蒲の目に次々と留まった。

それこそVIPルームからレストランの個室を行き来しただけなのに、自分がホッとできるようなスタッフに一人も出会わなかった。職業柄自然と出てしまう愛想笑いがまたスタッフの勘違いを助長したようで、そこに気付いたことにも菖蒲は頭が痛くなってきたほどだ。

（大和、支配人、人事。きっと人を見る目はあるんだろう。スタッフの人当たりだけなら誉められる。ただ、ここが五つ星を名乗っていなければ。サービス料が三つ星ぐらいのホテルなら問題ないってだけで……）

おかげで部屋へ戻ったときには、医療スタッフを兼ねるＳＰの一人から、頭痛薬を貰ったほどだ。そこから十分ほど時間をとって、菖蒲は今一度大和と今後の予定について話をする。

「じゃあ、まずはそういうことで」

「わかった。なら、あとで迎えに行くよ」

「――よろしく」

そうして、その後はマリウスたちの子守をＳＰたちに預け、ハビブやフォール、クレイグを前にし、改めて大和と話し合った結果報告をした。ある程度予想はしていたのか、フォールやクレイグは相づちを打ち、菖蒲の気持ちに理解を示してくれる。

しかし、ハビブだけは眉間に皺を深めるばかりだった。

「滞在中にホテル内を視察、現場の人間たちにアドバイスをすることになったって、意味がわからない。だいたいここは、菖蒲が香山の名前とプライドを背負って、三年かけて完成させた五つ星だったんだろう？　当時のスタッフが半減する中、アドバイス程度で元に戻ると考えているのか？　さすがにそれはないよな？　俺はお前が甘ちゃんだとは思ってないんだが。仕事に関してだけは」

シャトー・ブランの中でも、もっとも広く贅を尽くしたＶＩＰルームのリビング。

水晶のシャンデリアが煌めく部屋の中央には、トワルドジュイ生地のアンティークなリビングセットが配置され、ハビブは上座の一人掛けソファに腰を下ろして、脚を組んでいた。

また、ハビブから見て左側の三人掛けのソファには、クレイグとフォール。右側の三人掛けには菖蒲が腰を下ろしており、中央に置かれたテーブルの上には、各自の前に冷たい飲み物が置かれている。

「――ハビブ。そんな、わざわざ、聞くまでもないだろう」

「そうだよ。いきなりハビブのところの派遣解約ってわけにもいかないから、菖蒲なりの仮処置だってわかりそうなものじゃない。ねぇ、菖蒲」

ハビブがいつになくきつい物言いをしたためか、クレイグとフォールが菖蒲を庇ってくれた。

「申し訳ございませんが、そのとおりです。ただ、大和には私の契約状況は説明をしました。なので、一つ返事では受けられない。正式な手続きを踏んで派遣先を変えるか、登録そのものを解除してからになるからと――。ただ、私もホテルのすべてを見たわけではありません。まずは隅々まで確認しないと、方針も何も決められないと思いまして」

菖蒲からすれば、誠心誠意説明するしか術《すべ》がない。ハビブもそれはわかっているとは思うが、しかし今夜に限っては、あからさまなくらい仏頂面だ。

「けど、この専用フロントにくるまでの間だけで、菖蒲は〝五つ星が消えるのは時間の問題だ〟って確信したんだろう。それも眉間に皺を寄せまくりで。全部見て回った日には、今日にでもやめちまえってなるだけじゃないのか？　俺の三年を返せってオチで」

こうして身も蓋《ふた》もないことを、あえて選んで言っているようにも思う。

とはいえ――。

「ハビブ、言いすぎ」

「そうか？　フォールでもそう思わないか？　ってか、こんなの自分のホテルでやられたら、言いすぎとか言っていられないだろう」

「そこは聞かないで。そもそもうちは四つ星目指して三つ星レベルを徹底キープさせるレベルの中堅ホテルチェーンだ。ここは比較にならないし。これは菖蒲の気持ちの問題だろう」

「――だってよ。どうなんだ、菖蒲。本心は」

「そこまでは、さすがに。そりゃあ、随分とカジュアルなホテルになった……とは、改めて感じるかもしれませんが」

風邪でもないのに、頭痛薬を飲んだ菖蒲に、ハビブを誤魔化せるような嘘は言えない。

むしろ、自分でも口にしたらおしまいだと思うことを代弁されているようで、頷きそうになるのを抑えるほうが大変だ。

しかも、同業であるばかりに、フォールにまでとばっちりがいってしまったようで、申し訳ない限りだ。

それに、彼の言うことは至極正しい。四つ星を目指して三つ星を徹底キープは堅実だ。宿泊客にとっては、それこそリーズナブルで心地のよいホテルという印象になる。

「そうしたら、いっそカジュアルホテルでいいじゃないか？　そうとう回転数を増やさないと維持費にもならないが、それならスタッフに突き抜けた資質はいらない。あとはオーナーと営業が手腕を発揮すればいいことだし、それなら今日明日の見回りで、それに見合った助言程度でも済むだろう。菖蒲が俺との契約を解約してまで、このホテルに来る必要もなくなる」

そして、ハビブの言うことも理にかなっていた。

菖蒲自身も、似たようなことを大和に言った手前、いろんな意味で心苦しい。

これこそが理想と現実の狭間《はざま》だ。

一度は夢を叶えているだけに、幻でもないところが、菖蒲自身にも厄介だ。

「そういうわけには――。大和が維持したいのは、ジェローム から引き継いだ五つ星ホテルとしてのシャトー・ブランです。何より、私自身がこのままでいいとは思えなくて――」

菖蒲は席を立つと、ハビブに向けて頭を下げた。

「お願いします、ハビブ様。どうか私の離職に、ご理解をください」

自分でも口にしたが、どこの誰より今のシャトー・ブランに納得ができないのは菖蒲自身だ。

せめて一度、自分を渦中に置いて、やれるだけのことをしてみたい。今日見てきたスタッフたちの笑顔には嘘がない――そう感じただけに。

しかし、これにハビブは、パンと肘掛けを叩いてみせた。

「いや、だから！　どうして辞める前提で話をしてくるんだ。俺は菖蒲には辞められたら困るって言ってるだろう」

父親から引き継いで約一年。

ハビブがこんなふうに声を荒《あら》らげたのは、これが初めてのことだった。

「それはとても嬉しいのですが……。私にも都合があります。ちょうど今月末が、香山とハビブ様との契約更新です。派遣契約である限り、代わりは香山社長に手配していただきますし、しっかりと引き継ぎもします。以前勤めていた方たちにも連絡をしてみますし。決してご不自由なことにはならないように、手は尽くします」

「そういうことは言ってない！　俺は菖蒲以外嫌だと言ってるんだ。だいたい香山配膳なら誰でもいいなんて、たったの一度だって言ったことはない。他の人間なんて必要ない、菖蒲一人で満足だと言ってるのに、どうしてそこを理解しないんだ。菖蒲は、俺よりこのホテルが大事なのか！」

だが、菖蒲はここで彼が納得しないことが、内心嬉しくてたまらなかった。

こうして不機嫌になり、怒鳴ってくることさえ、名誉であり勲章《くんしょう》だと誇れる。

彼に仕えた仕事人としても、彼に惹かれていっそう尽くした自覚のある一個人としても、ハビブが二つ返事で離職を了解しない姿こそが、菖蒲にとってはこれ以上ない幸福だ。

（ハビブ様）

しかし、だからこそ。こんな場違いなことを感じて、心底から悦んでいる自分は、もはや限界なのだと痛感する。やはり、潮時なのだ——と。

「ハビブ。気持ちはわかるけど、駄々をこねてはいけないよ。それでは母親相手にごねる子供と、なんら変わらない。いつから菖蒲は君のママになったの？」

しかも、今なら菖蒲の立場を客観的に見て判断してくれるクレイグがいる。

「そうだよ、ハビブ。菖蒲が突き抜けて素晴らしい側近だってことは、僕らにもわかる。けど、これはビジネスだ。もし菖蒲が香山の事務所を辞めてもシャトー・ブランの再建に尽くしたいというなら、それはもうどうしようもない話だよ。君が契約しているのは香山であって、菖蒲個人ではないわけだしさ」

フォールもいる。彼らはハビブの親友だからこそ、理不尽は許さない。明らかにこれは行きすぎだと判断したときには、こうして引き止め、正してくれる。

また、そこはハビブも承知しており、意見が出たときには素直に耳を傾ける。

逆を言えば、こうした人間関係の根幹が充実してるからこそ、ハビブにとって恋人やパートナーが特別な存在にはならない。寄り添うのに唯一の人を絞る必要もないので、おのずと優先順位も低くなるのかもしれないが――。

「なら、俺自身が菖蒲を好きだから側にいろ。片時も離れるな。これはビジネスじゃなくてプライベートの話だ。そう言えば、文句はないのか。ただし、実は私たちも菖蒲がとか言い出すなよ。今回ばかりは認めないぞ」

ただ、そんなことを思っていたときだった。

(は⁉)

ハビブがおかしなことを言い出した。驚きのあまり、菖蒲は顔を上げる。

「――え⁉　今、それを言い出すのかい。さすがに今回は〝私も〟とは言わないけど」

「僕も言わないよ。でも、それを僕らに言ってどうするのさ。相手が違うだろう?」

しかし、さすがの親友二人も、これには菖蒲同様、驚きが隠せなかったらしい。

クレイグとフォールはハビブと互いを見比べながら、かなり困惑している。

その挙げ句、視線を菖蒲へ向けてきた。

「まあ。そういうことだ」

急に照れくさそうな顔で同意を求めるハビブに、菖蒲は素で言ってしまう。

「どういうことですか？」

他に言葉が浮かばなかった。それ以上に、今ほど彼のこの軽々しい言葉を理解したくないと思う自分を、菖蒲は止めることができない。

「だから。そもそも菖蒲に香山を退いてもいいという気持ちがあるなら、先に教えろって話だ。俺は、絶対にそれだけは無理なんだろうと思っていたから、どうしようか考えていたのに……。けど、辞めてもいいなら、今日にでも退職して俺のものになれ。俺はお前が好きだ。菖蒲だって俺のことが好きだろう。結構前から両思いだよな？　俺たち」

「……は？」

菖蒲は生まれて初めて、誰かの言葉に心の耳を塞ぎ、目を瞑《つむ》った。

深く腰を下ろしたソファから見上げてくるハビブの微笑は、その眼差《まなざ》しは、起き抜けにベッドから向けてくるそれとは比較にならないほど妖艶だ。

だが、これこそ菖蒲が日々お茶請《ちゃう》け感覚でハビブから聞かされてきた、ラブゲームのスタートスイッチが入った状態であり、わかりきったバッドエンドにわくわくしている状態なのだろうか？

だとしたら、ここへきて迷惑すぎる話だ。

「ハ、ハビブ！」

「誰が今、ここで告白しろって言ったんだよっ……。もう」

「何か問題か？　どうせなら見届け人がいるほうが、いいだろう。のちのち、言った言わないになっても困るし。なあ、菖蒲」

「いえ。ですから――。どうしたら派遣終了の話から、そういうことになるんですか？」

菖蒲は、あまりに気安く、軽い物言いをするハビブに、頬が引きつってきた。

「自然な流れだろう」

「何がです⁉」

「すべてが」

「ふざけないでくださいっ！」

何がどうしたらそうなるのか、無責任なのも大概にしてほしいと気が荒立ってくる。

「こんなときにふざけるほど、俺は酔狂《すいきょう》じゃない」

「なら、変なスイッチが入ってるんですよ。それ、絶対に断られる前提で言い出してることですものね？」

言うに事欠いて――とは思うも、菖蒲も他に言い回しが考えつかない。

「なんだよ、そのスイッチとか断られる前提って」

「ハビブ様が〝恋する自分を楽しまれる〟ときのパターンです。お願いですから、私相手に発病をしないでください」

失礼を承知で言い放つも、これにはハビブも憤慨する。

「パターン、発病って——、こっちこそ意味がわからないぞ」

本人がどこまでも無自覚なためか、菖蒲の言い草に驚き、また腹も立てて腰を上げた。

しかし、その瞬間にピンポーンと、インターホンが鳴る。

「ストップ、ストップ！　誰か来た」

「マリウスだといいな。——は〜い」

思いがけない争いに転じたためか、クレイグが今にも何かしそうなハビブの肩を押さえて、フォールは本音を漏らしながら扉へ向かう。ＳＰにさえ、今はドアよりハビブを見ておけと目配せをし、クレイグのフォローに当たらせたほどだ。

「お寛ぎのところ、大変申し訳ございません。ラサーニュです。こちらのお部屋に菖蒲様はいらっしゃいますでしょうか？　先ほど、お時間をいただく約束をしたのですが」

「オーナー」

だが、「先にお風呂へ入ってベッドに入っていなさい」という言いつけを守っているのか、部屋を訪ねてきたのはマリウスではない。

思わずフォールが漏らした声から察する残念感に、クレイグは絶望にも似た微苦笑を漏らす。

その上、ここでハビブが、肩を摑んでいたクレイグの手さえ払った。

「入ってもらえ。俺から話をする」

「え？　ハビブが」

「駄目です！　あとにしてもらってください。というか、私はこのまま視察へ行きますから」

フォールが驚き、菖蒲がその場を離れようとするも、ハビブはそれも許さない。

菖蒲の腕を逃がすまいと摑んで、さらに声を荒らげた。

「いいからそいつを入れろ！　フォール」

「――っ!!」

こんな時に限って、日頃は微塵も見せない絶対君主、暴君ぶりを発揮する。

フォールは反射的に扉を開いて、大和を部屋の中へ招いた。が、これには大和も緊張気味だ。

「失礼いたします」

「オーナー。菖蒲に話を聞いたんだけど、このホテルに引っぱりたいんだって？」

側まで歩み寄る大和に、ハビブは文字どおりふんぞり返った態度で問いかける。

肩から胸に垂らした金糸の先を指に絡めて、鼻で笑っているのもわかる。

さすがにこれはない。ハビブ自身の品格にかかわると思い、菖蒲が止めに入ろうとするも、クレイグが待ったをかけてきた。

「はい。突然のことで、大変申し訳ございません」

「いや。悪いけど、諦めろ。菖蒲は俺のものだから」

だが、これ以上はもう無理だ。

菖蒲も今一度腹を据えて、クレイグの制止、そしてハビブの手を振りきった。

「ちょっ！　勝手な話をしないでください！」

「期待させるだけ時間の無駄だろう」

「そういうことではなく。私は離職させてくださいとお願いしましたよね？」

「だからそれは許さないと言っただろう」

「ハビブ様に許される必要はありません。そもそも今日にでも事務所へ登録解除の連絡を入れれば、私の契約は終了です。ハビブ様と香山配膳の派遣契約ではありません。香山配膳と私自身の登録契約がです」

彼と真っ向から対峙するには、菖蒲にも覚悟が要《い》った。

自分が派遣先の主とトラブルになることで、香山に迷惑をかけることだけは許せない。

そうなれば、今月末の派遣延長の更新を待って派遣先の変更を求めることより、香山自体から退くという選択になる。これこそが間に事務所があるという強みでもあり、また菖蒲にとってはこの上もない弱みでもある。

しかし、そんな菖蒲の気持ちをまるで理解していないのか、一世一代の抗議さえ、ハビブはさらっと受け流した。

「なら、ちょうどいい。気兼ねなく俺のところに来られるじゃないか」

「ですから、私はシャトー・ブランの再建に……っ！」

突然顎をすくい上げてきたかと思うと、人目も憚《はばか》ることなく菖蒲の腰を抱き寄せる。

（っ！）

「何度確認させれば気が済む。菖蒲は俺よりこのホテルのほうが大事なのか。俺を捨ててもここを取るつもりなのか」

面と向かって問われる。

同性とわかっていながら、溜息が漏れそうなほど美しくも雄々しい砂漠の王。

頬を流れる金糸が明かりを弾いて、いっそう彼の持つ煌びやかさを引き立たせる。

うっかり見とれてしまおうものなら、この問いのおかしさにも気付けなくなりそうだ。

菖蒲は、多少でも彼の魅力に慣れていた自分を、今こそ誉め称えたくなる。

衣類を纏っているだけもマシだし、冷静になれるなどとは、口が裂けても言えないが――。

「――捨てるって。人聞きの悪いことを言わないでください。これはただの転職です」

それでも、抱き寄せられると語尾が震えた。

菖蒲は、困惑が混乱にならないうちにと、ハビブの胸を押して、すり抜ける。

「なんのために？　俺が嫌だと言っているのに、俺から離れなきゃできない転職をするって、結局このホテルのほうが大事だってことだろう。それとも今のオーナーが好きなのか、もしくは前オーナーと何か特別な関係にあったのか？」

それでもこの問いかけには、冷水を浴びた気分になった。ハビブとしては、菖蒲があくまでも仕事の話として離職を押し通すのが気に入らないのだろうが、それにしてもだ。

これでは大和が持ち出した一般的な見方と、まるで同じだ。菖蒲は自分の仕事にまで喧嘩を売られたような気持ちになり、さらに声が大きくなる。

「私が大事なのは、私が選んだ仕事です。やり甲斐です。使命感です。誰とどうこうという話ではありません。当然オーナーたちに、おかしな感情もありません。過去に勤めたこのホテル自体に愛着があるんです。ただ、それだけです！」

「なら、俺が嫌で離れたいから転職したいわけじゃないんだよな？　ここで再建の仕事がしたいから、俺の側近仕事とは両立ができないってだけで」

「はい！　そうです」

「まあ、それでも俺の世話よりホテルの世話を選んだってことだが、そこはもう目を瞑る。きっとお前の中では、俺の世話には替えがきいても、このホテルはそうじゃないんだろう。俺からしたら、それこそ香山から二、三人呼んだほうが手っ取り早いと思うが」

「なっ！」

ここまで腹が立つことを言われて、とどめを刺してくる今宵《こよい》のハビブに、菖蒲は初めて後頭部のほうで、何かがプツッと切れた気がした。

フォールが思わず叫んだ「ハビブ！」に込められた、「そんな身も蓋もないこと言うな」という意味合いにも背を押されて、菖蒲の目つきが極限まで悪くなる。

「勘違いするな。俺は香山の誰かとは言ってない。これでも二、三人と言った。このホテルに関しては、菖蒲がそれだけの仕事をするんだろうと判断して、そこは俺も認めている。ただし、俺に関してては、何十人の替えが必要になるのか、見当もつかない。これればかりは、社長が自ら出向いてきたところで、俺は満足しない。俺にとっての替えがきかないっていうのは、そういうことだ」

それでもハビブの価値観を知る者たちからすれば、これはかつてない高評価だ。

菖蒲としては、一瞬とはいえ、腸《はらわた》が煮えくりかえったほどの怒りも覚えたが、香山の二人、三人にたとえられたら、奥歯を噛んで凌《しの》ぐしかない。

ましてや、社長でも替えがきかないと言われたら、どう言葉を返していいのかさえもわからなくなる。ホテルの件はともかく、そもそもハビブの世話係に関しては、同列で考える内容ではないはずなのに――。

「とにかく。お前がそこまで言うなら、今回は俺が折れる。再建の間、俺がパリで暮らす。世話役も専門に雇う。それならいいだろう」

「え⁉」

「ただし、最長でも期間は三ヶ月だ。スタッフの意識や技術改革なんて、人に言われてダラダラ時間をかけたところで、どうにかなるものじゃない。そもそも過去にかけた三年だって、俺から言えば甘やかしだ。人間なんだから適性はある。人柄の善し悪しとは別に、得手不得手があって当然だ。そこを無視して、スタッフ全員の技術と精神の両方が揃うのを待つから、時間ばかり食うんだ」

「――っ」

しかも、話がおかしい、本題からずれていると抗議する間もなく、ハビブはさらにたたみかけてきた。それも、菖蒲がこだわり抜いてしてきた仕事そのものに関してだ。

「香山配膳を見ればわかるだろう。精鋭部隊は、選りすぐりの者たちのみで編成したチームだから、精鋭なんだ。資質に努力に結果が揃って、初めて香山レベルだ。だいたい、よく考えろ。いくら菖蒲が五つ星ホテルに勤めていたとしても、三年も経たないうちに香山に転職できた理由はなんだ？

逆に、三十年のキャリアがあっても香山に入れないホテルマンは山ほどいるって現実はどこからくる？　経営者のみならず、同僚となる登録員たちに現場での心技が認められなければ、入ることが許されない。業界一厳しい、香山配膳だからだろう」

（――!!）

ぐうの音《ね》も出ないとは、まさにこのことだった。

他のことなら、何と誰と比べられても、菖蒲も多少は言い返せたと思う。

だが、香山配膳の成り立ちや他の登録員たちと実力を比べられたら、菖蒲にこれらを否定してまで、自身の甘さを言い訳することはできない。むしろ、昨日今日聞きかじった程度の話で、ここまで事態を分析し、はっきり駄目出しができるハビブに、尊敬も新たにしたくらいだ。

それがこの場では、ただ悔しいが――。

「期間設定に納得したら、そのつもりで見て回れ。新居としては狭いが、タウンハウスも買ったことだし、そこからホテルへ通えば、新婚生活は成り立つ」

「――いや、ハビブ。購入したタウンハウスからここまでは、車で一時間はかかるよ」

「なら、手間をかけるが、この近所に都合のよさそうな物件をもう一つ探してくれ。なければ、このエグゼクティブフロアを長期契約で押さえてもいいが――。やはり職場と自宅は別のほうが、ストレスはないだろうから」

「了解」

しかし、改めてハビブを見直すことがあっても、また惚れ直したとしても、それとこれでは話が違う。衝撃続きのまま、彼の都合のいいように流されてしまったら、菖蒲にとっては人生が狂うレベルの一大事だ。

「ちょっと、待ってください！　だから、どうしたらそういう話になるんですか？　だいたい新婚生活って、誰が誰と結婚するって言ったんですか？　勝手に決めないでください」

菖蒲は、おかしなスイッチが入ったまま猪突猛進《ちょとつもうしん》しているとしか思えないハビブと、プライベートでかかわることだけは、断固として拒否をした。

ハビブを客観視してきた上で、それでも本気で愛している自覚があるだけに、ハビブ特有の恋愛観やごっこ遊びに巻き込まれるのだけは避けたかったからだ。

「え？　でも、日本人はこういう形式的なことを大切にするんだろう」

（そう思うなら、まずはハーレムをどうにかしてこいよ！）

いっそ叫んでみたいが、彼に限ってはそういうレベルの問題ではない。

何もかもそのまま、彼自身も何ひとつ変わらなくていいから、離職に理解だけしてくれればいい。

そういう域だ。

「そういうお話以前の問題です！　私がハビブ様に好意があることは否定しません。主としては手間もかかるし難ありかとは思いますが、基本的なお人柄は好きです。尊敬しているところも多々ございます。ですが、それと恋愛や結婚は別の話です。ハビブ様の便宜上で、これらをすべて一緒くたにされては大迷惑です」

「――」

それでも大迷惑までは言いすぎたか、ハビブがその双眸を見開き、唖然とした。

しかし、些細な誤解も行き違いも起こしてはならない相手だけに、言葉は乱暴だが仕方がない。

菖蒲も今一度腹を据える。

「とにかくすぐにでも事務所に相談して、離職をお願いしておきます。まずは視察へ行ってきますので、本日はこれにて業務終了で。失礼いたします」

菖蒲は、この場で起こったことのすべてを自身の業務時間内として終わらせてしまうと、終了の礼だけはやけに美しくしてから、身を翻《ひるがえ》した。

「菖蒲！」

「ちょっ！　菖蒲」

「皆様もごゆっくり、お休みください」

クレイグやフォールが慌てて引き止めようとしたが、渾身の笑顔を向けて、扉の向こうへ出ていった。

「――すみません。それでは、私もこれで失礼します」

慌てた大和が追いかけてきたが、菖蒲はしばらく長い廊下を猛進し続けた。

たとえいっときの迷いであっても、ハビブからの「好きだ」は、衝撃的すぎた。

「菖蒲は俺のものだから」は、あまりに心を揺さぶり、菖蒲を止めどなく翻弄した。

5

立ち止まったら膝から頽れそうで、菖蒲はあえて長い廊下を歩き続けた。

(――信じられない。何が新婚生活だよ。よりにもよって、どうして俺相手に変なスイッチを入れるんだ。何も俺じゃなくても、相手なんかいくらでもいるだろうに!)

出てきた部屋の前にあるエレベーターフロアから、一番遠い部屋付近のエレベーターフロアまで、七十メートルはある。

しかし、菖蒲には大した距離ではない。

日常的に足早の移動が身についているため、すぐに着いてしまう。

(だいたい俺がイエスと言ったら、どうするつもりだったんだ? 一瞬にして熱が冷めて、なかったことになるのか? もしくは途端に恋から愛へ変化し、ハーレムの彩りにさえならない補欠を増やして、また次の相手を探しに行くのか? どちらにしても冗談じゃない)

そうして、このエレベーターホールにも飾られていた絵画に目を向ける。

ここにあるのは十五号サイズの貴婦人とバラの絵。それを彩るように額縁の白地にもツタ模様が彫られている優美なものだ。

この手の細工が施された年代物の額は、それ自体高価な場合が多く、絵画と同等に値が張る。そんな額縁の角や彫り込み部分に目をこらすと、わずかに掃除しきれていない埃が残っていた。菖蒲は無言で上着のポケットからハンカチを取り出すと、そのまま埃を取り去った。自然と眉がつり上がり、汚れたハンカチを握り締めたときには、唇を噛む。

（これさえなければ！）

――と思いたかったが、これが直接の理由でないことは、菖蒲自身が一番知っている。

（いや違う。俺が派遣期間の終了で国へ戻るというなら、困る、行くなとごねることはあっても、結婚なんて言い出さなかったはずだ。俺がシャトー・ブランのために彼のもとを離れる。それも、香山を辞めても――という情熱が加わっているから、余計にムキになったんだ――）

菖蒲は、荒立つ感情を鎮《しず》めるように、さらに上着のポケットに常備しているツースピックケースの中から一本を取り出した。

それにハンカチを巻き付けて、額縁の彫り溝の部分を、掃除し始める。

（なにせ、ハビブ様にとっても香山は特別だ。香山配膳ではなく、香山晃社長が。若かりし頃に一目惚れをして、国へ攫《さら》って帰ってしまったくらい情熱的に愛した人だ）

脳内では状況を整理しながら、手元では細かい溝の埃を取っていく。

（それでも、フラれたら次の人、を淡々と繰り返してきているのだから、俺へのプロポーズに説得力なんかない。というか、俺がお断りしたら、数日後には新しい恋を見つけているかもしれない。そう考えたら、やはり俺の持っていきかたが悪かったんだ。少なくとも香山へ根回しをして指示をもらうか、ハビブ様が他の誰かに盛り上がっているときに離職してしまえばよかった。そうしたら円満離職だっただろうに――）

そうして、目についた埃をすべて取り去ると、一度深呼吸をした。

実際、取れた埃は極わずかで、これが自宅の額なら気にするほどではない。

ただ、ここはホテルだ。星の数に関係なく、常にベストな状態でお客様を迎えることを生業とする施設だ。だから、気にする。

菖蒲を動かす理由は、他にはない。

「――ごめん、誠。こんなときにまで、そんな気を遣わせて」

すると、菖蒲の手が止まるのを待っていたのか、黙ってついてきていた大和が頭を下げてきた。

「こちらこそ……。すみません。お見苦しいところを」

「いや、そんなことはない。それより、誠……⁉」

しかし、菖蒲は埃がついたハンカチを大和の前に差し向けて言葉を遮《さえぎ》る。

「ホテル内で呼ぶときは〝菖蒲さん〟でお願いします。私も〝オーナー〟か〝ムッシュ・ラサーニュ〟と呼びます。今回の依頼を受けたのは、あくまでも一人のサービスマン、ホテルマンとしてで、知人としてではありません。オンオフをしっかりと切り替えたいと思いますので、ご理解ください」

やると決めたからには、けじめが大事だ。ましてや菖蒲はアドバイザー兼指導員として入る。支配人を初めとするスタッフたちの心証を大事にする意味でも、立場を明確にできるように頼んだ。

オーナーが依頼した者であり、スタッフの一人ではないとわかるように――。

「――承知した」

「お手数をおかけします」

もちろん、以前からいる半数のスタッフは、菖蒲のことを覚えているはずだ。当時から菖蒲はジェロームともこんな形で任務をこなした。一見堅苦しく、厳しいが、スタッフたちには明確な上下関係を示すことが、童顔を自覚する菖蒲には不可欠だったからだ。どんなに正当なことを言っても、やっても、甘めの顔は舐められる。フレンドリーな態度は、それに輪をかける。

実際、苦い経験もあった。それこそ、最初に勤めたホテルで——。

〝菖蒲。もっとしっかりしないと、アルバイトと間違われるぞ。そうでなくても、顔がアルバイトなんだし。愛想がいいのと、サービスがいいのは、別だからな〟

〝本当本当。いつまでたっても新入社員って顔だしな。フレッシュなのは羨ましいが、お客様が安心できないのは困る。せめて誰が見てもわかるように、技術を上げていかないと〟

菖蒲には、容姿によって上司どころか同期や後輩にさえ下に見られて、仕事への評価をまともに得られない時期があった。

〝——はい。すみません。もっと努力をします〟

そして、そんな状況にジレンマとストレスを覚えていたときに、声をかけてきたのが香山晃。香山配膳の二代目社長にして、自ら現場にも出るカリスマサービスマンだ。

〝え〜？　いつからここの社員って、見る目がなくなったんだ？　菖蒲くん。思いきってうちに来ない？　正直、ここにいても努力のしがいがないと思うよ〟

彼は、若い頃には「花嫁より美しい配膳人」と呼ばれ、四十を過ぎた今も「美男神」ともて囃《はや》される美丈夫。まさに心技一体のサービスに至高のルックスをも兼ね備えた、菖蒲にとっても憧れの存在だ。

そんな彼から直接声をかけられたのだから、驚いたでは済まない。白昼夢かと思ったほどだ。

〝――私が、香山配膳にですか？　でも、私はここへ入って三年にも満たないぺーぺーです〟

〝年数は関係ないかな。俺は仕事と人柄しか見ないし。だから、こうして誘っているんだよ。彼らではなく、君をね〟

〝……社長〟

当時、菖蒲が大卒で入社したホテルは、五つ星を誇る外資系のラグジュアリーホテル。

それだけに社員、新入社員でさえもプライドは高かった。

そうした自尊心を持って勤めるように教育をされるからだ。

ただ、その自尊心を維持するために、自分を上に、他人を下へ置いて、安堵したい者も多かった。

そうした標的に、いつの間にか菖蒲はされてしまっていたのだ。

ただ、このとき菖蒲は香山に二つ返事で「はい」とは言えなかった。

初めて勤めた職場に芽生えた愛着のためだ。

決して楽ではなかった就職活動で、勝ち取ったホテル。童顔で技量をはかられるのは違うと思うが、虐《いじ》めというほど罵《ののし》られたり、無視をされたりするわけではない。仕事自体は普通にこなせた。

ならば、自分がもっと努力をし、認めてもらえるようになればいい。何より、ここで香山に転職するのは、逃げではないかという気になったのもある。

しかし、戸惑う菖蒲に香山はこうも続けてきた。

〝勤務先に恩があるのはわかるよ。けど、それなら余計にうちにおいで。多分、そうでもしないと彼らは目が覚めない。君のような子の仕事を正しく評価できないし、これから入ってくる子たちも気の毒だ。もちろん、ざまあみろで転職してきてくれて構わないんだけどね。そういう性格には見えないし……。あ、人事のトップは友人だから、俺からもきちんと説明をする。君は自信を持って今のとおり仕事を続けて。その上で、いっそうの努力をしてくれるのは、もっと嬉しいけど〟

菖蒲の迷いは一瞬にして消えた。

香山の言葉はどれも重かったが、今の仕事に自信を持っていい。そのまま続けていいと言われたことに、心が揺さぶられた。何よりの自信にも繋がったからだ。

〝――ありがとうございます！　嬉しいです。俺は、入社したときから、香山社長たちの仕事を、一番参考にしてきました。こんなふうなサービスマンに、ホテルマンになりたいと思って頑張ってきたので、このお誘いは本当に嬉しいです。ただ、もしかしたら、それが先輩たちの癪《しゃく》に障ったのかもしれません。俺が、あからさますぎたのかもしれないので、そこは反省するべきなのかもしれません〟

ただ、香山に言われて、改めて気がつくこともあった。

これまで菖蒲が感じるままに、香山の仕事を誉めてきたことだ。

同じ気持ちで上司や先輩たちを、誉めたことはなかった。さぞ面白くなかったことだろう。彼らにしても、香山の仕事は素晴らしいとわかっていたからこそ——。

〝なら、今後は俺たちもさらに頑張らないと。そんな理由で君が絡まれるなんて、俺たちの仕事ぶりも、舐められてるってことだ。リスペクトしてとは言わないが、せめて参考にするにはちょうどいい程度には思われていないと。それなりの派遣料を貰っている意味がないからね〟

〝香山社長〟

その後、菖蒲は香山に移った。元の職場に派遣されることはなかったが、元の上司や同僚たちが人事から反省を促された、と香山の口から聞いた。

いつ誰が自分たちを評価しているかはいるかはわからない。接客業であるなら、なおのこと。

そして、その評価と結果こそが、今回の菖蒲の退職であり、新たな就職先だ。

それを踏まえて、今後は自分の仕事にのみ、精進してほしい——と。


香山に移ってからの菖蒲は、どこへ行っても見た目で仕事を評価されることはなかった。

むしろ、香山という名前に絶対的な信頼があるためか、行く先々で慕われ、頼られ、自然と立ち位置も上に置かれることになった。

そしてこの明確な立ち位置こそが、菖蒲の仕事をスムーズにした。指示を出さなければならないスタッフが多ければ多いほど、縦のラインははっきりしているほうが迷わない。指示を受ける者にとっては、何よりの安心に繫がる。

ただし、それだけの重責を菖蒲は背負うことにはなるが——。

「これか……。掃除不足というのは」

「はい」

「そうか。これからは俺も意識して見るようにするし、支配人にも言っておくよ」

「そうしてください。では、フロントやレストランバーなど、邪魔にならないところから見て回りましょうか。時間が遅いですし、他の客室フロアは明日にしましょう」

菖蒲は、今一度深呼吸をすると、汚れたハンカチをポケットにしまった。

しかし、大和は、視察に向かおうとした菖蒲の腕を「待って」と摑んでくる。

「──先に確かめさせてくれ。さっきの彼。マンスール様のことは大丈夫なのか？　その……、とてもオープンだったが、あれはプロポーズだよな？」

「そこはあなたの気にかけるところではありません。彼はオーナーであるあなたが、もっとも真摯《しんし》に受け止めるべきことを言っていたはずですよ」

特別感情が荒立つことはなかったが、そのぶん菖蒲は呆れたふうに笑ってしまった。

自然と大和が手を引いていく。

「私のお手伝いは最長三ヶ月です。少なくともこれに関しては、ハビブ様の言うことがもっともだと、私も思いましたので」

「たった、三ヶ月⁉」

驚く大和に、菖蒲ははっきりと頷いてみせた。

「はい。これが最長です。本当は、一ヶ月でスタッフは五つ星ホテルを担っていくという自尊心を持ち、覇気《はき》、何より心技が上がらなければいけないと思います。それができない場合は、今の流れのままカジュアルホテルに移行し、極めていくほうが賢明かもしれません」

ハビブはおかしなことを言い出すこともあるが、彼が正しいと思えば、菖蒲は心してそれを受け入れるし、行動にも繋げる。菖蒲は一経営者としてのハビブを尊敬しているからだ。

日頃からイエスかノーか、ゴーかストップかしか言わない彼だが、答えはいつも的確だ。

今回に関しては「条件付きのゴー」といったところだろう。

ノーやストップではなかっただけ可能性が感じられる。

ただし、ハビブとしてはカジュアルホテル化へのゴーだったかもしれないが……。

「いや、さすがにそれは。一泊の単価を落としたら、経営が回せない。仮にＶＩＰを潰して、シングルやダブルを増やしたところで追いつけるものでもない。今にして見れば、ジェロームだってそれがわかっていたから、菖蒲にスタッフのサービス強化を徹底してもらったんだろう」

だが、こうして改めて宣告すると、大和はこれまでになく慌てた。

それもそうだろうという話だ。

「ええ。それはジェロームも言っていました。自分が思い描く最高のホテルという理想と、切っても切れない現実が一泊の最低単価だと」

貸し切られたフロアだけに、こんな話をしていても、誰かに聞かれることはない。ＳＰの警護の邪魔にならないよう、食後は内線で呼ばれない限り、スタッフの出入りも禁じている。

「古城ホテルの管理維持費と人件費を考えたら、最低でも四つ星クラスの価格設定でなければ、経営は難しい。かといって、四つ星レベルでいいとしてしまったら、その瞬間にこれまで五つ星を支えてくれた優良の顧客が離れる。ホテルもあっと言う間に三つ星くらいには下がるでしょう。実際、現状のレベルはそれくらいです」

「……」

「だからこそ、請け負う限りは五つ星のシャトー・ブランに戻すことを目指して、アドバイスや指導をしていくつもりです。決して四つ星では満足しません。三ヶ月間は」

「――、そうか」

今後はこの件を大和だけでなく、支配人や幹部たちにも理解し、納得してもらわなければならない。そしてそれは、現場に立つスタッフたちも同じだ。

「以前私がここでのサービス強化に三年をかけたのは、私自身の経験不足もありますが、当時のスタッフを誰一人切ることなく、また脱落者も出さないでほしいというのが、ジェロームの希望だったからです。それで、私も同じ気持ちで全員に、持ちうる限りの心技を伝えたつもりです」

しかし、だからこそ菖蒲も今この場で、過去の自分の甘さを認めた。

「ただ、結局、すべてのスタッフが理解し、身につけるところまではいかなかった。だから、恥を忍んで〝現場のことは現場の人間に任せたい〟と言ったオーナーの気持ちも汲み取れずに辞めることになっている。一度ホテルの制服を身に着けたのなら、身内も縁故も関係ない。正規社員も準社員も関係ない。常にシャトー・ブランのスタッフである自覚と誇りを持って、最高の接客をしてほしい。そう、言い続けたのに――。届いていませんでした」

どんなにジェロームには「油断するな」と伝え残していったとはいえ。自分が「これで揺るぎない五つ星ホテルになった」とまでは、思えていなかった。

それにもかかわらず、世間からの評価に安堵し、早々に肩の荷を下ろしてしまった。

今にしてみれば、ここが菖蒲にとって一番の甘さかもしれない。

三年見たのだから、あと一年。もしくは、確信が持てるまでは見ればよかったのだ——と。

「けど、これこそが、ハビブ様が言っていた〝時間をかければいいというものではない〟ということの現れです。私もできる限りのことはしますが、最終的にはオーナーであるあなたが決断をしてください。現場を見て、スタッフを見て。また、訪れるお客様たちの顔を見て——。シャトー・ブランをどうするべきなのかを考えてください」

菖蒲は、二度と同じ悔いを残したくないという気持ちもあり、大和に力強く告げた。

「なぜならジェロームからシャトー・ブランを託されたのは、大和・アラン・ラサーニュ。現オーナーのあなたなのですから」

夢を見ようが、理想を追おうが、それはそれで構わない。

だが、現実を見極めなくてはならないのは、彼なのだから——。

＊＊＊

話を済ませると、菖蒲は溜息さえ呑み込んで吐き出せずにいた大和を同行し、フロントやレストランフロアを見て歩いた。

建物自体は以前と変わりなく、優雅で華美なひとときを提供してくれる。

また、クロークやキッチンなどの裏方では、当時からいたスタッフとも顔を合わせた。菖蒲が来客している話は伝わっていたようで、誰もが再会を喜び、中には涙する者もいた。「申し訳ありません」と頭を下げた者までいたことを考えると、決してこのままでいいとは思っていない。

以前との違いもきちんと理解している者たちがいる——ということだろう。

これだけでも、菖蒲には希望が見えた。

(それにしても——。フォール様が招待されているＶＩＰの結婚披露宴っていつだろう。その前後にも同規模のものはあるんだろうか？　宴会スタッフのレベルを確認しないと——。場合によっては香山社長に相談して、応援を頼むことになるのかな？)

そうして、二時間程度視察をすると、今夜のところは終わりにした。

すでに時計の針は十一時半を回っている。

菖蒲は、手持ちのカードキーで、エグゼクティブフロアへ戻った。

(でも、俺が事務所への登録を解除したら、そんなことを頼める立場じゃないか？　むしろ先に穴を埋めてもらわなければならないのは、ハビブ様のところだし。そもそも俺の派遣がイレギュラーだ。香山が個人宅に給仕はともかく、秘書は送らない。ましてや身の回りの世話までとなったら——。やはり、かつて屋敷に勤めていたスタッフを呼び戻すほうが確かだな。もしくは、ハビブ様が香山社長と直接相談して決めるか……)

不思議なもので、フロアへ戻ると、一瞬して頭の中がハビブのことでいっぱいになった。

職場を去る者に、できることは限られている。

だが、相手の好意を無下にしてしまった者には、できることなど何もないのに――。

(それにしても、どこの部屋で寝たらいいんだろう。ハビブ様たちはそれぞれのＶＩＰルームに散らばるのか？　マリウス様は犬猫たちと一緒だろうけど)

今更だが、菖蒲は今夜の寝場所に迷い始めた。

菖蒲が持っているカードキーは、先ほど飛び出してきたハビブ使用のＶＩＰルーム一号室だけだ。

「菖蒲様」

すると、天の助けとばかりに声がかかった。

振り返ると、立っていたのはハビブ付きのＳＰだ。

「――あ、ちょうどいいところに。今戻ったところなのですが、皆様、今夜はどの部屋でお休みになるのかなと思って」

「二号室をご利用になっております。マリウス様がみんな一緒がいいと希望されて……」

みんなで一室に籠《こ》もったようだ。

とはいえ、寝室だけでも四つあるＶＩＰルーム。ハビブたちにお付きのＳＰ、そして犬猫たちが二号室内にいたとしても、そう手狭ではない。

心配なのは、ＳＰたちのベッドくらいだ。

部屋数だけはあるのだから、交代で休んでいるといいのだが――と。

「そうですか。では一号室に泊まらせていただきますね」

「いえ、待ってください菖蒲様。宮殿より早急の連絡が入りまして。今から私と一緒に来ていただきたいのです」

これで安心して寝場所を得たと思ったところで、新たな心配に駆られた。

「宮殿から早急の？」

「はい。このような時間から、本当に申し訳ありません。すぐに済むと思いますので」

「――わかりました」

いつになく深刻な表情で訴えるＳＰに、菖蒲は何事かと思いながら、シャトー・ブランから出ることになった。


菖蒲を乗せたリムジンが、深夜のパリを走る。

（こんな時間に電話やメールではなく、直接何を？　しかも、宮殿からの指示ってことは、仕事上の契約ごとか、確認ごとか？）

同行するＳＰは、運転する一人きり。普段、大概は二人一組で行動をする彼らにしては珍しい。

ただ、そうはいっても、菖蒲に用事を頼む程度なら、なんら問題はない。

むしろ、一人でも多くのＳＰを主たちのもとへ残しておくべきと考えたら、一人ついてくるだけでも、よほどなのかもしれない。

菖蒲は幾度となく首を傾げ、またスマートフォンに連絡が入っていないか見直した。

だが、まるでそれらしいものがなくて、余計な不安ばかりが増す。

「あの、どこまで行くんですか？　パリ市内で誰かが待ってるんで――？」

意を決して聞いたところで、車の速度が急に落ちた。

「――着きました。こちらから降りられてください」

停車した車のドアを開かれて表へ出る。

すると、緑の木々の匂いがする屋敷の入り口には、ほのかな明かりが灯《とも》っていた。

左右に広がる石造りの壁を繋ぐ鋼鉄製の装飾ゲートは、どこかで見たデザインだ。ＳＰが特有のギィィィという音を立て開門をする。

と、ここで菖蒲はピンときた。

「もしかして、ハビブ様が購入したタウンハウスですか？」

「はい。中で寛いでお待ちください。私は車を裏へ移動してから参りますので」

――やはり。

そう思ったときには、ＳＰは扉を閉めて、車へ戻っていた。

（こんな時間に屋敷で何？　まさか、購入手続きに不備があって、書類を書き直せっていうんじゃないよな？　不動産のことなんて、まったくわからないのに。字が読めればいいって話でもないよな？　こればかりは）

だが、初めて訪れた屋敷に、それも深夜に一人で入るというのは、いい気持ちではない。

正面玄関までのアプローチは明るく、屋敷の中にもいくつか電気のついた部屋がありそうだ。

それでも、いざ重厚な造りの玄関扉を開くと、大理石が敷き詰められたエントランスフロアには洒落た螺旋階段が聳《そび》え、吹き抜けの天井には明かりが灯っていた。

「失礼します。どなたかいらっしゃいますか？」

どこからともなく、甘い生花の香りはするものの、誰かが返事をするわけでもない。

こんなところで、こんな時間になんの用があるのか、まったく想像もつかない。

（奥に誰かいる？）

ただ、エントランスフロアから続く廊下の奥の部屋から明かりが漏れていた。

寛いで待てというなら、まずあの部屋だろう。菖蒲は恐る恐る進んでいく。

多少の明かりがあったとしても、一歩違えば肝試しだった。

むしろ、そう言われて入るほうが、まだ覚悟が決められる。

（え？　この香り）

――と、そんなときだ。不意に背後から抱きすくめられた。部屋中に飾られていた豪華な花々の香りさえ翳《かす》める太陽の匂いに包まれる。

「ひっ――!!」

一瞬、脳裏《のうり》にはハビブの顔が浮かぶも、場所が場所だけに悲鳴が上がった。

しかし、そこで口を塞がれて、混乱が増す。

「んっ、ぐんんんっ」

「さすがに悲鳴は勘弁しろ。通報でもされたら面倒なことになる」

菖蒲の頬に金糸が掠った。外耳から鼓膜に響くそれは、確かにシャトー・ブランで休んでいるはずのハビブの声だ。菖蒲は口を塞ぐ彼の手を外しにかかる。

「……ハビブ様、どうしてここに？　先にお部屋で休まれたんじゃ？」

だが、正体を納得してなお、菖蒲の鼓動は高鳴り、加速した。完全に背後から拘束された状態を理解するなら、肝試しのほうがどれだけ安堵できるかと思う。

「一応、そういうことになっているが、今夜はここへ泊まることにしたんだ」

「ツーフロアも貸し切っているのにですか？」

「関係ない。菖蒲と気兼ねなくすごす一夜のほうが大切だ」

「――⁉」

しかも、改めて室内を確認すると、生花で溢れた南フランス風の部屋の中心には、天蓋《てんがい》付きのクイーンベッドがあった。

エントランスよりやや明るいというだけで、暖色系の間接照明はムードたっぷりだ。

また、ベッド横に置かれたサイドテーブルには、銀のシャンパンクーラーで冷やされた最高級のドンペリニヨン・プレニチュード3。バカラのアルクール・イヴ・シャンパンフルートまでもがペアで並べられており、わざとらしいほどベタな演出を施されたこれらを目にして、菖蒲はただただ双眸を見開いた。

「ひっ⁉」

いきなり横抱きにされたものだから、今一度悲鳴が上がりそうになる。

「ちょっ、ハビブ様⁉」

「まあ、お約束だな」

——それはなんの約束だ⁉

そう切り返す間もなく、菖蒲は身体に羽が生えたかのように、軽やかに運ばれた。

だが、何から何まで作り込まれたこの状況は、もはや肝試しどころの怖さではない。

どう見ても、これは先ほどのプロポーズの続きだ。

それも勝手に「イエス」と答えたことにされている。

鼓動が早鐘《はやがね》のように鳴り響いて、どうしようもない。

どこを見ても、危機感しか起こらない。

「さっきは申し訳なかった。俺の配慮が足りなかった」

ただ、そう言って菖蒲をベッドへ下ろすと、ハビブは菖蒲の身体を横たえるのではなく、腰かけさせた。クーラーからシャンパンを取りだし、慣れた仕草でコルクを引き抜く。

そのままペアグラスに注ぐ姿は、名ばかりのサービスマンより、よほど洗練されている。

菖蒲から見ても、どこのシェフ・ド・ランかと思うほど、一連の流れが流麗《りゆうれい》だ。

「あのあとクレイグとフォールに怒られたんだ。いくら菖蒲の許容範囲が広くても、一世一代の告白やプロポーズを人前で、しかも仕事話を交えてするとは何事だって。色気も配慮もなさすぎる。

これこそ菖蒲に甘えすぎだ。彼が怒っても当前だ。マリウスや犬猫は自分たちとＳＰで責任を持って見ているから、もう一度気合いを入れてやり直してこい――って」

だが、そうして注がれたシャンパンよりも、それを手にしたハビブの美しさに勝るものはない。

間接照明に浮かび上がる白い衣が、黄金の髪が、いつにも増して彼を妖艶に見せる。

「だから、改めて」

両手にグラスを取ると、ハビブはその片方を菖蒲に差し出してきた。

この誘惑に逆らえる者がいるなら、すぐにでも会いたいという衝動に駆られる。

どうしてハビブが失恋に失恋を重ねてきたのか、理解に苦しむばかりだ。

「菖蒲。俺はお前が好きだ。愛してる。結婚しよう」

強いて言うならば、こうして告白された相手が、他の誰かを愛していた。

ハビブではない誰かと恋に落ちて、その恋を貫いた。

ただ、それだけのことなのかもしれないが、菖蒲にはそれさえ理解しがたくなってきた。

今にも流されそうな自分を必死で止めて、彼から差し出されたグラスを拒む。

「ハビブ様。その件につきましては、先ほどお断りしましたよね？」

「菖蒲？」

「手間はかかっても、あなたが素晴らしい方であることは認めます。人としての好意はあります。

けれど、それは恋でも愛でもありません――と」

菖蒲は、まるで自分に言い聞かせるようにして、ここでも先ほどと同じことを繰り返した。

「そもそもハビブ様が欲しているのは、これまでどおりに世話を焼いてくれる側近の存在であって、私自身やその恋心ではないのです。ハビブ様は私があなたにお仕えするより、シャトー・ブランの再建を選んだことが納得できないだけで――。逆らう私が腹立たしいのもあるでしょう。ただ、だからといってハビブ様はストレートに憤慨はされない。暴君にならない代わりに、悪感情が誤った恋愛感情に変換されて、こうした行動に出ているだけです」

高鳴る鼓動が、胸の痛みに変わる。ドキドキが、ズキズキに変わる。

それでも流されまいと必死になるのは、菖蒲にとってはこれがかけがえのない恋であり、愛だからだ。

「でもそれは真実の恋でも愛でもありません。そういう錯覚を起こしている自分に酔って、愉しんでいるだけで――っ!?」

すると、ハビブはペアのグラスを足元へ落とした。

「意味がわからない。なぜそこまで俺の恋を、愛を否定する。世話係としての菖蒲が欲しいなら、再建のサポートなんて認めない。このまま連れ帰って、宮殿の中に閉じ込めてしまえばいいだけだ。俺にはそれができるだけの力がある」

空になったその手が、菖蒲の両腕を痛いほど摑んできた。

「けど、俺は菖蒲を愛しているから、そういうことはいっさいしないで、好きだ、結婚しようと言った。菖蒲の仕事も見守るつもりがあるから、一緒にパリ住まいをしてもいいとも言った。それに、告白やプロポーズに至ったのは、俺の中では自然な成り行きだ。きっかけが今回のことだっただけで、俺は菖蒲と過ごしてきた時間の積み重ねに導かれて、好きになった。恋し、愛しただけだろう」

なんの疑いもなく、ハビブは自分の思いをぶつけてくる。

本当は、自分の気持ちがどこにあるのかもわからず、真剣に残酷なことを言う。

だが、菖蒲はこういうところまで含めて、彼に惹かれた自覚がある。

これこそが自業自得だ。それがわかっているから、流されたくないだけで――。

「そりゃあ〝私はあなたのママじゃない〟まで言わせた俺が、菖蒲に甘えすぎていたことは認める。慣れてときめかなくなるほど、全裸を見せていたことも猛省する。だが、だからといって、俺の思いを悪意の誤変換だの錯覚だのと言われるは心外だ。何がそこまで菖蒲を頑《かたく》なにするのかもわからない。だって、俺自身のことは嫌ってないよな？　むしろ好きだよな？　いい加減に本当のことを言えよ」

どんなに拒んでみせたところで、ハビブはさも当たり前のように言う。

心から「好きです」と言えたら、菖蒲がこれほど苦しむ必要はないのに。

菖蒲が抱える苦しさには微塵も気付くことなく、心の奥底に隠し続けてきた好きだけを難なく暴いていく。それが悔しくて、憎らしくて、菖蒲は力の限り彼の手を振り払った。

「――では、もっとはっきり申し上げます。ハビブ様は一世一代の告白だ、プロポーズだと言いますが、過去にそうした告白を何十回されてきたか覚えていらっしゃいますか？　私がハビブ様ご自身から聞いた限りでも、片手では足りないくらい告白と失恋を繰り返してます。しかも、なんて立ち直りが早いんだろう、本気だったとは思えないというくらいの頻度《ひんど》かつ回復ぶりです。これで何を信じろと？」

こればかりは、もういい加減にしてほしいのだと、悲鳴が上がる。

お願いだから、これまで通り過ぎてきた相手と一緒にしないでほしい。好意があるというなら、せめて俺の本心に耳を傾けてくれと、声に出して叫び出したくなってくる。

「それは——、元から俺はポジティブだし。フラれてしまったものは仕方がないじゃないか。しつこく追いかけたところで、相手が俺ではない誰かを愛すると言うなら、どうしようもないだろう」

だが、それがどうしたと笑って済ませるのがハビブだ。

それこそ、俺の何が悪いんだと言わんばかりに。

「でしたら、私のこともポジティブになかったことにしてください。どうして私にだけしつこいんですか」

可愛さ余って、憎さ百倍とはこのことだった。

いい加減に一発殴ってやろうかと、菖蒲らしからぬ怒りまで込み上げてくる。

「菖蒲には俺以上に好きな人間はいないだろう。優先したい仕事はあるかもしれないが、優先したい人間はいないはずだ」

しかも、菖蒲に振り払われた両手を腰に置く構えは、なんと横柄な姿だ。

彼はこんなときにさえ、王だ。上から見下ろす視線さえも悩ましい、菖蒲の王だ。

「なぜそう思うんですか？　どうしてそんなことが言いきれるんですか⁉︎」

「——なら、嘘でも言ってみろよ。約一年。仕事関係以外のことで誰かと連絡を取った形跡もないのに、実は恋人がいるんですとか、好きな相手がいるんですとか。さらに三年遡《さかのぼ》ったとしても、ジエロームや大和に対してもそんな感情はないと言いきった菖蒲に、俺以上に気を配り、大事にし、面倒を見てきた相手がいるというなら、今すぐ名前を出してみろ」

いっそ、誰でもいいから名前を挙げてしまえば、納得するのだろうか？

こんなことなら、ジェロームでも大和でも、好意があると言っておけばよかったのだろうか？

だが、それが言えるくらいなら、こんなところでグダグダと言い争うことはない。

これだからお前は甘いと言われたところで、菖蒲にはハビブへの恋を誤魔化すことはできても、嘘は言えない。適当な相手の名前さえ浮かんでこない。

「……ですから、それは好意かもしれませんが、職務意識から発生したものであって、恋愛感情とは別ものですと言っているでしょう」

ならばいっそ、本当はあなたが嫌いなんです——と、言えばいいのだろうか？

どこの誰が好きなわけではないが、ただあなただけは嫌なんですと言えば、納得するのだろうか？

もしくはいっそ言われるがまま、為すがままに従えば、この不毛なやり取りは終結する？

ここまできても、菖蒲の心は揺れ惑うばかりだ。

「なら、今からでもいい。恋愛感情に切り替えろ」

「無茶言わないでください。それこそ仕事になりません。そんな方にはお仕えできません！」

「どうせ辞めるんだから問題ないだろう。というか、それで俺の世話を辞めたかったんじゃないか？

本当は」

だが、仮にここで彼の言い分を認めて、また従ったところで、いったい自分に何が残るのだろう？

と考える。

「……そ、そんなわけないでしょう！　どこからくるんですか、その自信は！」

「生まれ持ったものだから、説明ができないな。ただ、こうして真っ向から否定されても、菖蒲からは俺への好意しか感じられない。嫌われているとは微塵《みじん》も思えないんだから、強気にもなるだろう」

だが、答えは――何も残るわけがない！　だった。

残るとしたら、それは彼の自己満足であり、満たされた支配力の余韻《よいん》であり、菖蒲には何一つ残らない。それどころか、せめてもの思いで抱えておきたい恋を失う。

自ら穢《けが》して、壊して、ただの悔いにしてしまうだろう。

「では、私ももっと理論的に話をいたします。性別云々はさておき、そもそも日本は一夫一妻の国です。中には愛人を抱えている不埒《ふらち》な者もいるでしょうけど、それでもハーレムは持っていないと思います。私自身、側室制度がなくなって相当な年数がたってから誕生した日本人ですし、根本的に恋愛や結婚に対する常識と概念の違うハビブ様が何を言われても、こればかりは鵜《う》呑《の》みにできません」

菖蒲は、これもある種の保身だとわかっていながら、今更な事実を口にした。

「ええ――。頑なだと言われようが、心が狭いと言われようが、顔を洗う感覚でセックスができる方の告白を鵜呑みにするくらいなら、全財産をマルチ商法にでもつぎ込んだほうがまだマシです。それくらいハビブ様が口にする〝愛している〟は、私からしたら軽口です。イタリア男のナンパも真っ青なくらいの、ただのノリなのです」

たとえがどうかとは思うが、根本的なところで無理だ、駄目だ、生理的に受け付けないと言うぶんには、さすがにハビブもどうしようもないだろうと考えたからだ。

「だから、実際は信じる信じない以前のことなんです。そもそも論外なんです。もう、これ以上は言わせないでください。これこそが時間の無駄です」

結果として心底から嫌われてしまうかもしれない。

それでも菖蒲は、彼の中で通り過ぎていった者たちの一人にだけは、なりたくなかった。

一寸の虫にも五分《ごぶ》の魂――そんな心境であり、ここまでくると意地でもあったのだ。

「そこまで言うなら、俺も今宵の月に。そして今は姿を隠している太陽《神》に誓う」

しかし、こうまでしても、ハビブは菖蒲を諦めなかった。

突然その場に跪《ひざまず》くと、ベッドに腰掛けたままの菖蒲を見上げてくる。

(――えっ⁉)

驚く菖蒲の手を取ると、その甲にそっと口づけた。触れた唇がどこか冷たい。

「誰がどう足掻いたところで、過去はどうすることもできない。だが、未来は違う。俺はこの先、菖蒲誠をただ一人の伴侶として愛していく」

(ハビブ様)

「我が身と生涯を菖蒲だけに捧げてともに生きる。だから、どうか俺と俺の愛を信じてくれ。もしもこの先お前を裏切ることがあれば、俺は砂漠に埋められ、屍《しかばね》となってもかまわない」

真っ直ぐに向けられた瞳に嘘はない。たとえあとで何を思ったところで、今この瞬間の彼は、どうしようもないほど自分に正直で忠実で誠実だ。

それも容易く菖蒲に命を懸《か》けてしまうほど――。

「この唇に、二度と軽口などとは言わせない。アラブ男の本気を思い知らせてやる」

さすがに菖蒲も返す言葉をなくすと、ハビブがすっと立ち上がる。

これまで一度として無理強いはしてこなかったが、菖蒲をその場に倒して唇を重ねてくる。

「っ!!」

冷ややかなのに――なぜか熱い。

「菖蒲……。愛してる」

(ハビブ様っ)

だが、これは彼の唇に対して、菖蒲の心と身体が反応しただけだ。

特に身体は、燃えるように熱い。

「駄目ですっ……っ。いやです」

月の夜。何気なく口にした言葉の誤解から転じた口づけとは、まるで違う。

それが怖くて、菖蒲はがむしゃらに彼を押し退けた。まるでびくともしない。

「ハビ……っさ……っ」

暴れる脚をすくい上げられ、全身がベッドに乗せられた。

これまで感じた危機感とは比べものにならず、菖蒲はなおも肢体を動かしたが、彼の束縛からは逃げられない。彼の両腕を摑むも、かえって口づけが深くなるだけだ。

「いゃっ、だから——っ。ハビブさ……ま、んっ」

懸命に顔を逸らすも、ハビブの唇が追ってくる。

何も言わない、言葉にならない思いが、すべて唇に込められる。

「ハビ……っ、んっ……っ」

一際深く合わされ、捕らえられると、歯列を割られて、舌の先を搦め捕られる。

その激しさに押されて、菖蒲は彼の二の腕を摑み直すも、誤って金糸を引いてしまう。

「っ！」

「んっ‼」

唐突にハビブを襲った痛みまでもが、唇と舌先から伝わってくる。

ハッとして指先から力が抜けた。

彼の片側で一つにまとめられていた金糸が、はらりと解けて菖蒲の頬を改めて撫でる。

その瞬間、菖蒲は否応なく彼に抱かれていることを実感した。

（ハビブ……様）

嫌がるどころか、心から悦ぶ自分が抑えきれず、今一度彼の二の腕を摑んだ。

すると、それに応えるかのように、絡まる舌先の動きが激しくなり、上手く呼吸《いき》ができない。

まるで心の奥に隠した恋愛《おもい》ごと暴かれ、吸い出されてしまいそうだ。

自然と彼の金糸に頬を寄せていく。

（——ハビブ……っ、好き……）

どんなに拒んで、否定をしたところで、先に愛したのは、菖蒲のほうだ。

日増しにその思いが大きくなるのを止められなかった。

だから、自分ではセーブがきかなくなるのが怖くて、逃げ出すことを選択した。

そう決めたところで、逃げられるわけがないのに。

どんなに身体で距離を取ろうが、心まで離れられるはずがないのに。

ましてや、そんな思い人から仮にも「愛している」と言われて、嬉しくないわけがない。

どんなに口先で拒んだところで、菖蒲は心も身体も貪欲だ。

そんなことは、どこの誰より自分が知っている。

「……っ」

「はぁっ」

ふと——。長く深く合わせた唇を、ハビブが一度離した。反射的に菖蒲が荒々しい呼吸をすると、それを落ち着かせるように、大きな掌で髪を撫でてくれた。

「目を逸らすな、菖蒲。ちゃんと俺を見ろ」

菖蒲を誘う彼の手が、声が、眼差しが悩ましい。

（拒み続けられるわけがない。そんなことはわかっている）

「今、互いの瞳に映っている顔が、表情が、すべてだ。言葉で何を言おうが、これ以上に事実を語るものは何もない」

菖蒲の視線を奪い、唇を奪い、これからすべてを奪おうとする彼の手が、いつしか固く締められていたはずのネクタイを解く。

（ふざけて、じゃれつかれて、そのたびに熱くなる思いも身体も堪えてきた。甘えられて、頼られて、我が儘を言われて悦んだ）

「だが、そうとわかっていても、俺は菖蒲を愛していると言いたいし、愛していると言われたい。この唇で、菖蒲の声で、ハビブが好きだ。愛している――と」

このままでは、目にすることには慣れていても、見られることにはまるで慣れていない菖蒲の肌がハビブによって晒される。

ネクタイの外れた首元は、菖蒲が思うよりも無防備だ。

ノリのきいたワイシャツの前など、愛の囁《ささや》きとともに簡単に外されていく。

（どうでもいい用事で呼びつけられても、どうでもいい話をされても、顔が見られて声が聞ければ満足してしまう。結局、その喜びに勝るものがなかった。俺は馬鹿だ。こんなのただの大馬鹿だ。今だってなんのための黒帯だよ。投げようと思えば投げられるはずなのに……）

それでも菖蒲は、ハビブを本気で拒むこともできなければ、心から同意して、求めることもできない。

なんて卑怯なんだろう――と思うも、上着やシャツを剝がされそうになれば、反射的に逆らう。阻止しようと彼を拒む。

「どんなに拒んでも無駄だ。俺はもう――、我慢しない」

口では強引なことを言うのに、菖蒲のこめかみに、そして目尻に、ハビブの唇が優しく這《は》う。

「やっ、ハビブさ……っ」

すべてが嘘のようで、夢のようで、菖蒲はグッと奥歯を噛むことしかできなかった。

しかしそれは、抵抗ではなく、もはや肯定だ。

上着とシャツが同時に剝がされ、ベッドの下へ落とされていく。

「屋敷の中にばかりいるから、夏の名残さえない。それにしても、白いな」

衣類を剝がすのに俯せられた白い肩を、くすぐるように濡れた舌が這う。

「ひっ」

背筋にゾクリとした何かが走って、いたずらに舐められた肩が上がった。

「全部……、どこもかしこも白いのか、すべて暴いて見たくなる」

すると、浮いた身体とベッドの隙間に、今度はハビブの両手が入り込む。

彼の指先が、狙い澄ましたように菖蒲の胸元を弄った。

「嘘……っ」

思わず漏らした甘い言葉に、ハビブが「本当」と呟く。

同時に胸元で勃つ実をキュッと摘ままれ、さらに予期せぬ声が身体の芯から漏れてしまった。

「んっ……っ、あっ……っ」

今ほど自分自身を否定したいときはない。

背後からのし掛かられて、なおも突起をなぶられて、菖蒲はただただ身もだえる。

「菖蒲」

耳が、鼓膜が、脳が麻痺《まひ》するような囁きの中で、いつしか胸元を弄んでいた彼の手が、下肢へと伸びてベルトを緩めた。

「やっ……っ」

ズボンの前を寛げられると、そこから弱みを握られるのはあっと言う間だ。

さすがに怖さが増して、抵抗らしい抵抗をするも、獣の交尾のようにのし掛かられた姿勢からではそう簡単に逃げ出せない。ましてや、下着の中を探るハビブの手が、ズボンの上からでも感じる彼自身の膨らみが、菖蒲に恐怖と好奇を同時に与えて、困惑ばかり招く。

「ひっ……、ぁっ」

だが、それもわずかないっときだ。

握り込まれた自身を扱《しご》かれ、胸の突起をつまみ弄られ、肩から首筋を舐め上げられたときには、全身が震えた。今にも下肢が爆発しそうな予感に鼓動は高鳴り、だが微かに残る羞恥心から未だ逃れようと身体が力任せに足掻く。

「そろそろ邪魔だよな。下も」

すると、ハビブが耳元で笑いながら、下着ごとズボンを剝がしにかかった。

「やめてくださいっ」

一瞬緩んだ拘束の隙に、ハビブの下から逃れようと這い出すが、それがかえって衣類を剝がすのに役立ってしまう。

「――っ」

臀部が彼の目に映ったあとには、すべての衣類が菖蒲の身体から剝ぎ取られて、次々とベッドの下へと投げられていく。ハビブはカンドゥーラの前を軽く乱して、鎖骨が見える程度だというのに、菖蒲は生まれたままの姿だ。

「ひど……っ」

自分だけが辱めを受けているようにしか思えず、菖蒲が口走る。

「さんざんこの口で俺を否定したお前に、酷いと言われる筋合いはない」

だが、感情のままに尖らせた唇さえ、今は饒舌《じょうぜつ》なそれに塞がれてしまう。

しかし、すべてを晒された菖蒲の身体を、わずかでも隠してくれるのは、皮肉なことにハビブだけだ。なんの意味も持たない。

「んっ……っんん。ハビブ様っ……っ。やめて……くださ……っ」

さんざん唇を、舌を貪ったそれが、頰から首筋へ滑り落ちる。

「やっ」

「いい加減に……、諦めろ」

形ばかりの抵抗を鼻で笑う男の唇が鎖骨から胸へ、腹部へ。

そして、一度は達しかけて手放されて焦れる、菖蒲自身へ向かう。

「――だめっ、やっ！」

柔らかな金糸が腰を撫でたと思うと、菖蒲は欲望で満ちた自身を口に含まれて語尾がうわずった。

「俺を認めて、少しは協力しろ」

驚きから逃げ腰になるも、思いがけない快感が菖蒲を捕らえて放さない。

ハビブの利き手が細い腰を押さえているのでさえ、どこまで意味があるのかわからない。

力強くしゃぶられ、吸い上げられたときには、菖蒲は我慢の意味さえ忘れてしまう。

「っ……、ぁあっ!!」

そうして、一方的に与えられるがままの快感に身を委ね、無我夢中で辿り着いた頂では、羞恥も何もないと知る。

ハビブが下肢から顔を上げても、菖蒲は力尽きて倒れた自身を隠す余力もない。

「菖蒲の身体は嫌だと言ってない……。慣れてないとは、聞こえてくるが……。決して俺を拒んではいない」

だが、これが一夜の終わりでないことくらいは、菖蒲も知っている。

ハビブも自身に熱い欲望をため込み、それを放つ瞬間を待っている。

「あっ……。っ！」

（痛――っ）

力の抜けた下肢の中心を探るように、ハビブが長い指を差し込んできた。

思わず身を捩ったのは、もはや否定でも肯定でもない。

ただ、勝手に身体が反応してしまったのだ。身体の中を探るように、またほぐすように抽挿《ちゅうそう》される彼の指の動きに、菖蒲の下肢が完全に支配されてしまって――。

「ほら、ここもな」

「あ――っ!!」

しかも、今達したばかりだというのに、菖蒲は突然二度目の絶頂へ追いやられた。まるで身体の中のどこかに、特別なスイッチでもあるかのようだ。

(……え……っ?)

だが、全身が震えて、なけなしの快感を絞り出されて、驚く間もないところへハビブは覆い被さってきた。為されるがままに開かれた脚の狭間を、濡れた指の先が這う。

「あ……んっ」

弄られて窄《つぼ》まる蕾の場所を確かめると、離れた指の代わりにハビブ自身が押し当てられる。

「――痛っ!」

そうして、熱と欲の固まりが突き入れられた瞬間、今度は堪えきれずに声が上がった。

「少しだけ、我慢しろ」

「いや、痛いっ! ハビブ様……、無理、駄目っ」

先に慣らされた指の質量とは、何もかもが違いすぎた。ハビブは、全身で拒む身体を抱擁《ほうよう》で押さえ込むが、その力が増せば増すほど、菖蒲は身体を突き裂かれるかと思う。

「頼むから――、俺を拒むな」

「っ……っ」

それでもやけに切ない言葉が聞こえてくると、菖蒲は自ら両腕を彼の肩に回した。

「好きなんだ。愛しているんだ――、菖蒲」

長い金糸に指を絡めて、カンドゥーラを摑む。

(――いっそ、このまま壊れてしまえば、どれほど楽かわからない……)

動き始めた彼の首元に顔を埋めて、声を殺す。

(体も心も……、何もかも)

いつしか夢中で菖蒲を抱くハビブに、菖蒲もまた夢中で抱かれる。

すると不思議なもので、全身に覚えた激痛さえも、至福に変わる。

(あなたに壊されるなら本望だ。いっそ、明日なんか来なければいい)

菖蒲は、ハビブに中から突き上げられるたびに、彼の肩を抱く手に力を込めた。

首元に埋めた顔をわずかに傾け、ぶつかるふりをしながら唇を押し当てた。

(今がずっと続けばいい。ハビブ様の誓いなど聞いていなかっただろう太陽など、昇らなければいい。そのために続く痛みなら、永遠にでも堪えられる)

――こんなことを考えたところで、夜明けは必ず訪れる。今は必ず過去になる。

ただ、だからこそ、菖蒲は息が上がるたびに、一番深いところでハビブを受け止めた。

幾度となく、彼を抱き締めて、その首元にキスをした。

(きっと、至福にさえ思えるから――)

6

翌日——。菖蒲は生まれて初めて他人の腕枕で朝を迎えた。

目を覚ましたどころか、一睡も眠れていない。幾度か絶頂感を味わったあとに、覚えのない疲労感に囚われて瞼《まぶた》は閉じたが、意識はあるままぐったりとして過ごしたからだ。

一方、ハビブは菖蒲が眠りに堕《お》ちたものと信じて、抱き寄せたところで一息ついたようだ。

しばらくは菖蒲の髪を撫でながら何かを考えていたふうではあったが、彼も疲れていたのだろう。いつしか手の動きも止まり、そのまま深い眠りに堕ちていった。

そうして彼の穏やかな寝息を感じてからというもの、菖蒲は目を開いたり閉じたりを繰り返すうちに、気がつけば夜明けを迎えた。

（同性の目から見ても、綺麗で雄々しい人——）

これほど近くで、時間をかけて見つめても、菖蒲の彼への感動は衰えることがない。

（神に愛され、すべてを持って生まれてきた人が、俺なんかに跪いて愛を誓うとか、どう考えても夢だ。けど夜だから白昼夢とは言わない。夜中に眠らずに見る夢のことを、なんて言うんだろう？　あ、こういうのが錯覚とか幻覚なのかな？　きっとそうだ。実は俺が盛って迫った——ではないといいな……。一度でいいから愛してくれなきゃ、死んでやる——なんて、おかしなことを言ったとか）

ただ、信じがたいことが続くと、どうも納得のいくほうに思考が走る。

菖蒲は、ハビブの寝顔を見つめながら、身体に残る痛みや怠さだけは実感できるものの、そこへ至った経緯を素直に受け止めることができなかった。

（でも――。彼から求愛されるよりは信憑性があるか。だって、ハビブ様が惹かれてフラれてきた人たちと俺ではタイプが違いすぎる。ハーレムだって美形でスレンダーで見るからにピリッとした大人揃いだ。香山社長や桜みたいな華やかさを持っている人たちばかりで、俺みたいな童顔で舐められ系はいない。そう考えたら、俺が背水の陣で迫ったと思うほうが真実味がある……）

ハビブと過ごした一年間が長いのか、短いのかはわからない。

だがその時間は、菖蒲に彼のあらゆる情報を与えてくれた。

特に、ハビブの恋愛から失恋に至る流れに関しては、首を捻りながらも理解しようと真剣に聞いた。求められれば、自分なりに意見を言い、慰めてもきた。

ハーレムへも見送ったし、迎えにも行った。

――と、そのときだった。

ベッドの下へ落とした衣類のあたりから、スマートフォンの振動音が聞こえた。

（もしかして、マリウス様？　こんな早くに、何か困ったことでも？）

菖蒲はハビブの腕から身をずらして、ベッドを下りる。

（中津川専務！）

しかし、画面に表示された名前を見ると、全身が震えた。

菖蒲はシャツ一枚を握り締めて、急いでベッドから離れる。

目につくまま寝室から続く隣の部屋へ移動した。

「はい。もしもし。菖蒲です」

気付けなかっただけで、すでに着信履歴とメールが入っていた。

慌ただしくシャツだけを羽織って、小声で応じる。

〝もしもし。久しぶり、中津川だ。こんな時間にごめんね。留守電というか、メールに気付いたから連絡をしたんだけど、うっかり時差を忘れていて――。今って大丈夫？　早すぎたかな〟

聞こえてきたのはとても懐かしい声。香山配膳登録員のスケジュール管理を担う専務にして、社長・香山晃の恋人でもある中津川啓だった。

東京はパリより七時間早い。半日違うならまだしも、この七時間差は意外と微妙だ。相手の生活や仕事時間を考えると、連絡のタイミングも限られる。

そんな中、常に細やかな気遣いをする彼のことだ。菖蒲からの連絡に気付くと、すぐに返してくれたのだろうに――、申し訳なさが込み上げる。

「大丈夫です。こちらこそ時差も考えずに……すみませんでした。本当に、ご無沙汰しております」

菖蒲は心苦しさから、シャツの胸元を握りしめた。

〝それより契約のことなんだけど――。ホテルのこと、聞いたよ。シャトー・ブランのオーナーからも問い合わせがあってね。事務所への登録や賃金等、できる限り菖蒲の不都合にならないようにしたいんだが、派遣先を切り替える形にもできるんだろうか？　って〟

「……切り替える？」

〝菖蒲は彼の手伝いをするのに、うちの登録を解除するつもりでいるだろう。今の派遣先を退くために。けど、再建指導の期間が最長で三ヶ月なら、香山に在籍したままシャトー・ブランに来てもらうほうが、いいんじゃないかって――。こちらとしては、まず菖蒲自身の希望を聞こうと思って。なんというか、本音というか、本当のところを――〟

菖蒲が中津川に連絡を入れたのは、昨夜ホテル内を見て、大和と別れてからのことだった。

彼も菖蒲にできる限りの配慮を考えたのだろう。菖蒲はスマートフォンを両手で握り直すと、そのまま頭を下げた。

電話なのに、身体が動いてしまう。

「すみません、専務。ご迷惑どころか、ご心配までおかけして」

〝それは気にしなくていいよ。これが私の仕事だし。それに、菖蒲は長年海外で頑張ってもらって、事務所にとても貢献してくれている。そろそろ呼び戻そうか、本人の希望を聞こうかって話は、前々から出ていたんだ。さすがにフランスに三年のあと、そのまま中東で一年だ。菖蒲のホームシックも心配だけど、それ以上に私たちが寂しくなってきていたから〟

すると、中津川は低頭する菖蒲の姿が見えているかのように、笑ってくれた。

しかも、こんなときにこれ以上ない、嬉しくも温かな言葉を添えて。

「中津川専務」

〝この機会にフリーになりたいとか、シャトー・ブランやどこかのホテルに就職を考えているなら、もちろん応援するよ。けど、個人的な事情でうちに迷惑をかけたくないとか、申し訳ないって気持ちで登録解除を言い出したなら、そこだけは気にしないで決めてほしい。できれば、一度私たちにも相談してほしいんだ〟

ただ、こうした優しい声かけは、前置きにすぎない。

話を続ける中津川からは微塵の悪感情も感じないが、かえってそれが菖蒲の胸に刺さる。

菖蒲の罪悪感を掻き立てる。

〝他の登録員たちとも話したんだけどね。もし自分が香山を退くなら、ヘッドハントされて骨を埋める覚悟の転職か、トラブルで迷惑をかけたくないからかの二択しか思いつかないって口を揃えられて……。まあ、それ以外にも寿退職っていうのがあるけど、そういう話はまったく聞かないし。菖蒲が香山を辞めてまでと言い出したことがすごく心配だって、意見が一致したんだ。シャトー・ブランへの応援以前に、ハビブ氏とのほうで何かあったんじゃないかって。考えすぎならいいんだけど……〟

誰もが純粋な気持ちで、仕事上での心配しかしていなかった。

〝菖蒲。トラブルなら、言ってもらわないと、私たちが大切な登録員への責任が果たせない。たとえ相手が誰であろうと、君は香山の登録員だ。だから、どうか自分だけで解決しようと思わないで。正直に話してくれない？〟

中津川にしても、専務という立場があるはずなのに、自社のことよりまずは菖蒲自身を気にかけてくれている。

しかも、言葉の端々から強い覚悟が伝わってくる。

たとえ相手が世界的な大富豪であっても、我々は一歩も引かない。

どこまでも登録員を守る姿勢を貫くから、安心して話してほしい――と。

それなのに……。

「すみません。本当に……っ、ごめんなさいっ」

菖蒲は、今この瞬間にシャツ一枚でいる自分が恥ずかしくて、申し訳なくて、たまらなくなった。

こんなことになるなら、もっと早く。ハビブに好意を抱いた自覚が芽生えたところで、離職の相談をすればよかったのだと思ったところで、もう遅い。

そんなつもりはなくても、何もかもがグダグダになってしまったあとだ。

(俺は本当に……、何をしてるんだろう?)

自己嫌悪ばかりが込み上げて、とうとう涙が溢れてきた。

(十代や二十歳そこそこならまだしも、もう三十すぎなのに――‼)

そしてそのことがさらに、菖蒲自身を追い詰めていく。

〝え、ちょっ！　どうしたんだい？　菖蒲？　どうして泣いてるんだい、菖蒲⁉〟

「いろいろ……。ご心配いただいて、ありがとうございます。でも、だから……こそ、本当に、すみませんっ……っ。これは俺の問題です。俺が悪いんです。なので……、どうか何も聞かないで、クビにしてください。本当、もう……解雇でお願いします」

その場で膝から崩れて、へたり込んでしまった。

〝代われ〟

〝――晃〟

どうやら中津川の側には、香山がいたようだ。東京はランチタイム。会社からかけていたなら当たり前の話だが、それでも突然聞こえてきた声に、菖蒲は全身が固まった。

〝菖蒲。俺だ、香山だ〟

「っ……、社長っ」

〝今は、何も説明しなくていいから、これだけ教えてくれ。菖蒲はこの先も香山の一員でいたいのか、いたくないのか。余計なことはいっさい抜きで、それだけでいい〟

「……っ」

懐かしさを感じる間もなく、即決を求められる。

それもあまりに直球だ。菖蒲は、一瞬息を呑んだ。

〝どうなんだ？〟

「――いたい……っ。いたいです」

一際強く聞かれて、本音が漏れる。

「まだ、これからも……。俺は香山の一員でいたいです」

他に返す言葉など思いつかない。

〝――よし。なら、このままずっといろ。俺が認める〟

すると、香山からはいっそう強く言い放たれる。

「社長……っ」

〝いいか。ここからは社長命令だからな。お前は目の前にある仕事だけに専念をしろ。それ以外は、すべて事務所に任せろ。シャトー・ブランで香山の登録員として恥ずかしくない仕事をしろ。今はとにかく動け。そして、三ヶ月と言わずに、もっと早くに立て直せるように考えろ。それに人材が必要なら応援を送る。一人で背負わなくていいから、俺たちに相談して甘えてこい。お前には、責任を持って働いているぶん、同等に様々な権利があることを忘れるな〟

過去に一度として、香山から「命令」などという言葉は聞いたことがない。

そんなことを言われた——という、仲間の話さえだ。

それなのに、こんな時には発するんだと知り、菖蒲はますます涙が止まらなくなった。

こんなに優しい業務命令が、いったいどこにあるだろう?

給料と休みがきちんと貰える以上の権利なんて、考えたこともなかったのに——。

〝そうして、シャトー・ブランの仕事を終えたら、俺たちのところへ帰ってこい。お前を必要とする現場はいくらでもある。何より俺たちが必要としている。いいか、わかったか〟

しかも、香山もまた中津川と同じことを言ってくれた。

まるで嘘でも世辞でもないことを、菖蒲に確認させているようだ。

「はい……っ」

〝なら、まずは泣きやんで、仕事に備えろ。一歩現場に入ったら、お前は香山の人間だ。五つ星の支配人たちがこぞって欲しがるサービスのプロなんだから。いいな。しっかり顔を上げて、胸を張って仕事するんだぞ。またあとで連絡をするから、いいな〟

「――はい」

ここで通話はいったん終わった。

まだ日が昇って間もない時刻だが、何時から仕事に入るのかわからない菖蒲の支度時間を気にかけてのことだろう。それに、向こうにだって仕事がある。

平日とはいえ、香山は今なお現場に出る社長だ。

中津川に至っては、登録員の三百六十五日、昼夜にわたっての派遣スケジュールを調整しているのだ。二人揃って、忙しいどころの話ではない。

しかも、派遣している登録員にこれだけの気遣いをしてくれるのだ。

甘えて頼るのは仕事だけにとどめておかないと、彼らの足を引っぱってしまう。

(香山社長。中津川専務。あの口ぶりだと、俺がハビブ様の宮殿で何かやらかしたというよりは、ハビブ様本人とやらかしたことを想定してそうだよな。怒らせて無理難題を迫られてるとか――。何か壊して賠償問題とか……。さすがに、痴情のもつれ系は考えないだろうけど……)

菖蒲は、しばらくスマートフォンを見ていたものの、一度深呼吸をすると、ゆっくり立ち上がった。裸体にシャツを羽織っただけの自身は滑稽だった。

出勤前に慌てているようにしか見えなくて、ハビブが好きそうな色気も感じない。

(ちゃんと自分でけじめをつけて、こちらから報告できるようにしないと。ハビブ様に口説かれて振ったことのある香山社長からしたら、ハビブ様に何がどうした――ってなるかもしれないけど)

――などと思い振り返る。

「黙って俺の側を離れるな。誰からの電話だったんだ」

「……ハビブ様」

するとカンドゥーラをガウン代わりに羽織ったハビブが歩み寄ってきた。

菖蒲が手にしたスマートフォンをチラリと見ただけで、察したようだ。

「こんな時間からオーナーじゃないだろうな。どうも気になるんだよな、あの手のタイプは。何も気にしていないような顔をして、ある日突然好きだの愛しているだの言い始める」

「ハビブ様」

過度な心配を口にしながら、両腕を向けてくる。

窓から差し込み始めた朝陽の中で見ても、それはとても魅力的で魔性すら感じる。

だが、菖蒲はその腕を避けて、身を引いた。

(ここで抱き締められたら、引き返せない)

これまでなら咄嗟に向けてしまっていたかもしれない背中は、向けないよう。また、視線だけは逸らさないように意識する。

「なんだよ」

「申し訳ありません。昨夜は勢いに流されてしまいました。恥ずべきことをしました。反省しております。お許しください」

そうして深々と頭を下げる。スマートフォンを握る両手に、思わず力が入った。

「は？　何言ってるんだ。恥ずかしいも何も……。愛し合った結果だろう。これから濃密な新婚生活を送ろうっていうのに――、菖蒲⁉︎」

ハビブは少し驚くも、さらに手を伸ばしてくる。

しかし、菖蒲は自らその手を避けて、身を引いた。

だが、腰にデスクが当たり、これ以上は引くに引けない状態だ。

「私は……。あれもこれもと両立できるほど器用ではありません。ハビブ様が言うような、一緒に暮らして、ホテルに通って、仕事をしてとか……、無理です。やはり考えられません。それに、今は自分の責務に徹したいのです。香山の一員としてシャトー・ブランを再建することに集中したいのです。なので、離職を認めてください――」

もはや、前に進むしか道はなく、菖蒲は今一度頭を下げた。

しばし呆気にとられるハビブの脇を通り過ぎて、寝室へ戻る。

散乱した衣類を掻き集めて、勢いのまま寝室を出ようとする。

「菖蒲！　ちょっと待て」

「――っ‼」

だが、ハビブ自身に出入り口へ立たれて塞がれた。

「本当に、意味がわからない。俺はお前に好きなように働けばいいと言ったし、そのためにしばらくはパリに住むとまで言ってるんだぞ。全面的に俺がお前の生活に合わせると言っているのに、どうしてそういうことになるんだ？　神に誓ってプロポーズもしたよな？」

ハビブは菖蒲の選択や決意に、ただ困惑しているようだった。

少なくとも昨夜は同意の上で結ばれた。菖蒲が自分に身体を委ねたところで、プロポーズも承諾したと解釈したのだろう。それ自体は、仕方がない。彼からしたら、今朝になってなかったことにされるほうが、衝撃的だ。

かといって、一度でいいから菖蒲の身や立場に立って考えてほしいと願ったところで、どこまで理解してくれるのかもわからない。

むしろ、それができていたなら、ここまで食い下がってくることもなかったはずだ。

昨夜の話し合いで終わっている。それも、シャトー・ブランで、みんなの前で――。

「一緒にいたら、俺の世話とか、そういうことが気になるのか？　けど、そこは誰か雇えばいい話で、お前だってそのほうが仕事に専念できるじゃないか？」

「ですから！　自分の立場もわきまえずに、気軽におっしゃらないでください。私は恐れ多くて、ハビブ様を自分の我が儘《まま》に付き合わせたり、縛ったりできません。ハビブ様の側では、自分の好きなように、自由になんて生きられない――。何より、愛せないんです！」

「――!?」

思わず口から出た言葉が衝撃を与えたのは、ハビブだけでなく菖蒲自身にもだった。

だが、発してみて、そうなんだ。これこそが本心だろうと納得した自分がいる。

「わかってください。私は何もかもハビブ様とは違うんです。ハビブ様に告白されても、きちんと断れる人たちとも違うんです。ましてや、自らハーレムに身を置ける人たちとも違っていて……。

でも、だからこそ、今仕事を放り出したら、半端にしたら何も残らない。きっとハビブ様が気に入ってくれた部分まで、壊れてなくなってしまう！　だから無理なんです」

ハビブからすれば、これこそ意味不明で理解不能な話だろう。

菖蒲自身もハビブとは違う意味で勝手だな――とは、思うのだから。

「でも、どちらにしても私はハビブ様にとっては、ただ我が儘な人間ですよね。だからもう、私はいなかったことにしてください。何もかも他を当たってください」

それでも彼には正直に、そしてありのままの気持ちを打ち明けた。

気持ちのどこかで嫌われたくなくて、言い控えてきたことも、結局は言ったと思う。

「ハビブ様！」

――と、タイミングよく、ＳＰが現れた。

「――!!　なんだ、いきなり。あ、菖蒲」

昨夜の運転者とは違う男だが、菖蒲は一瞬気を取られたハビブの脇を猛然と走り抜ける。

「宮殿から至急のお電話が」

「今はそれどころじゃない。菖蒲！」

「至急です。ハビブ様！　ハーレムでおめでたが確認されたそうです」

「――は!?　なんだと？」

（え!?）

だが、さすがにこのやり取りには、菖蒲も足を止めた。

歓喜してるＳＰ、驚愕しているハビブ、そして一気に血の気が引いていくのがわかる菖蒲の温度差が激しい。

それを全身で感じながら、ゆっくりと振り返った。

「ですから、お電話に。話を聞きつけたお兄様が直接お話しになりたいそうで」

「いや、いきなりそんなことを言われても……」

「だから……。だから俺には無理だって言ったじゃないですか！」

「⁉」

今再び、菖蒲は抑えきれずに叫んでしまった。

どんなに勢いから神に誓ったところで、彼には跡継ぎを残すべき財がある。

本来の家督とは別に、自身が作り上げてきたものを委ねるためもあり、未だ肩書きは独身でも、ハーレムは存在する。

仮に菖蒲が女性だったならまだしも、たった一人の同性と愛し愛されて生涯を終えるなど、そもそも許されるような立場にいない。ましてや、彼の国の法は多妻を罪とはしておらず、財のある男がより多くの者を受け入れ、生活させていくのは、むしろ義務のようなものだ。

だから、それがわかっている者、心から許せない者は、どんなに彼からアプローチをされても断るだろうし、また去っていくだろう。

たった一人の者と愛し愛されたい、香山や桜のように――。

「菖蒲。だから、この話は……」

「急な知らせに驚かれているのはわかりますけど、言い訳はしないでください。ここで無責任な発言だけはなさらないでください。それだけは聞きたくないです」

「菖蒲！」

「ハーレムがあって、通われていた事実があったら、いずれお子ができるのは自然な流れです！　普通で当たり前で、しかもおめでたいことなんですから、心から喜ばれてください!!　そして、心から愛してあげてください。あなたの家族となる相手と、生まれてくるお子様を」

菖蒲は、最後の最後に強欲な独占欲を晒してしまったことに、微苦笑が浮かんだ。

「──菖蒲」

だが、さすがにこれ以上はもう何もない。

今度こそ、終わりだという気持ちに背を押されて、その場から立ち去った。

（ハビブ様のもとで自分の好きなように、自由になんて生きられない。ましてや愛せない。なぜなら、俺にはハビブ様のすべてを丸ごと受け止めきれる度量もなければ、ハーレムも何も捨てて自分一人でなければいやだ。我慢ができない、嫉妬で憤死するなんて──。口にするほどの勇気もないんだから）

それでもまだ向かう先があること、やり遂げなければならない責務があることに、菖蒲は幸運を感じながら──。

＊＊＊

そうは言っても、ホテルに戻った菖蒲から予想もしなかった結果ばかりを聞かされたフォールとクレイグの驚きは、そうとうなものだった。

「――お⁉　おめでた？」

「ハビブのハーレムで？」

「はい。なんだか、そういうことになられたようです。私も、ホッといたしました」

本当なら、新居の物件探しは不要です。ハビブには改めてプロポーズをされましたが、お断りしました――だけでよかったのかもしれない。

しかし、菖蒲は「これで本当にこの話は終わりです」と伝える意味で、宮殿からの吉報《きっぽう》も伝えた。

「え？　そこはホッとするところじゃないでしょう」

「どうしてですか？」

「だって、菖蒲はハビブのことを……」

フォールやクレイグは、納得しきれないようだった。

だが、これればかりは仕方がない。

菖蒲は、今一度奥歯を噛み締めて、ハビブへの思いを否定した。

「それはないと昨夜も言ったはずですが。その、私ごときが――とは思います。しかしながら……。申し訳ございません」

「いや、謝る必要はないよ。むしろ、謝罪するべきは、ハビブをたきつけた僕らのほうだし。ごめんね、菖蒲」

「本当に申し訳ない。私たちが無責任なことを言ったばかりに……」

「いいえ」

思いのほか、重々しい空気が流れる。特に、フォールは、幾度となく首を傾げている。

そして、

「——でも、さ。菖蒲。しつこいって、怒らないで聞いてほしいんだけど」

「はい。なんでしょうか」

「僕は、てっきり君もハビブのことが好きなんだと思っていたんだ。まったく、これっぽっちもそういう意識はなかった？　僕が思うに、今年に入ってからかな？　けっこうわかりやすいアプローチを、ハビブがするようになっていた気がするんだよね。で、菖蒲もそれを笑顔で受け止めていて——。だから、てっきりいい感じなのかなって。ねえ、クレイグ」

フォールは改めて、自分が思ってきたことを口にした。

菖蒲にはピンとこなかったが、フォールには思い当たる節があるらしい。

そして、それはクレイグも同様で……。

「まあね。ただ、たまに会う私たちだから、そういうふうに見えただけかもしれないよ。いつの間にか秘書だの世話係だのって役職を増やされていた菖蒲からしたら、逆効果だったかもしれない」

「逆効果？」

「だって、ハビブのアプローチって、結局仕事以外のことでも菖蒲に手間をかけさせる形だろう。本人は、一緒にいる時間を増やして、ごく自然な形で距離も縮めていって。気がついたら両思いで

――、なんてパターンを狙ったのかもしれない。ある意味これまでの失敗を踏まえて、用心深く」

ただ、クレイグに限っては、別の角度からも状況を見て分析していた。このあたりはハビブの性格や行動を規準に、また菖蒲に関しては直感的に判断していただろうフォールとは違う。

菖蒲からすれば、理屈抜きで察してくるフォールのほうが、怖い気はするが……。

「でも、菖蒲からすれば、産んだ覚えのない息子ができて、いきなり甘えてきたようなものだ。面倒くさい――ってなっていても不思議はない。ましてや、菖蒲は根っから真面目で責任感が強くて、しかも献身的だ。手間のかかる仕事は増えても、香山の名にかけてパーフェクトにやり遂げよう。主の満足度は常に満点を目指して――。なんて意識で勤めてきただけなら、完全に裏目だ。懐かれたぶんだけ、疲れちゃうだろう」

「ああ、そうか。確かに菖蒲に対するハビブの甘え方は、僕らが見ても労働基準法に引っかかるって、からかえるくらいだったね。相思相愛でないなら、厄介なだけの雇い主だ。それも桁外れな権力者なだけに――本当、厄介。僕の考えが足りなかったよ。ごめんね、菖蒲」

それでもさすがに納得したのか、フォールが改めて謝罪してきた。

「いえ、さすがにそこまでは……」

「でも、マリウスの言う、犬猫たちの世話のほうが楽って、まさにそのとおりだろう。たとえ十六匹いたとしても、ハビブに比べたらさ」

「そんなことはないです！　いくらなんでも十六匹に比べたら――っ。すみません。比べることが間違いでした」

随分大げさに言われて、思わず否定してしまったが、フォールはハッとして謝罪し返す菖蒲を見るとクスクスと笑った。まるで、やっぱりそうだよね。どんなに面倒な主でも、ちゃんとハビブのことは好きだったよね？　と、安心したように——。

やはり、フォールだけは、誤魔化せそうにない。

こうなると、話は合わせてくれても、クレイグも同様だろう。

「まあ、何をどう言ったところで、個人差だよ。僕らだってハビブのことは大好きだけど、恋愛対象になるかと聞かれたら、それは違う。友人だからベストっていう関係だろうし」

「確かにね。菖蒲にとっては、手間のかかる雇い主であるハビブがちょうどいい距離だったんだろうし。そういうことを抜きにしても、目の前にやるべきことが出てきてしまったら、本当にどうしようもない話だ。俺と仕事とどっちが大事だなんて聞かれたって、そもそも仕事だからこれまで誠心誠意尽くしてきただけだと言われたら、そりゃそうだってオチしかないからね。少なくとも、今は——、ん？」

それでも彼らは、菖蒲の気持ちまで察し、また理解した上で、この話は納得してくれた。

「マリウス？」

「もしかして、——泣いてる？」

ただ、そんな矢先にＶＩＰルームの奥、寝室から突然マリウスの泣き声が聞こえてきた。三人が慌てて席を立つと、心配そうな犬や猫、ＳＰたちに付き添われてリビングに入ってくる。

「うぁぁぁぁんっ」

「どうしたんですか？　マリウス様」

真っ先に駆け寄ったのは、菖蒲。マリウスの前まで行くと、両膝をついて目線を合わせる。

「ハビブが宮殿に帰っちゃったって～っ」

「――え⁉　帰った？」

「まあ、そういうことになっても不思議はない知らせが入ってはいるが」

「だからって、僕らにも断りなく？」

「途中で気付いたら、連絡がくるよ」

経緯から考えて、あの電話のあとに、慌てて宮殿に戻ったのだろう。

ことがことだけに、大人たちはそれで納得ができる。

だが、子供はそうもいかない。そもそもこの知らせをしてきたのも、本人ではなく、ＳＰ経由のようだし――。

「ひどいよ！　今日はいっぱい遊ぼうねって。パリの街をいーちゃんたちと一緒にお散歩しようねって、約束したのにぃ～！」

年は違えど、ハビブはマリウスにとっては一番の友達だ。それも常に同じ目線に立って、一緒に話して遊んでくれて、いざというときには頼りになる大人でもある。

それが、自分になんの知らせもなく帰ったとなると、こうなっても仕方がない。

「マリウス。ハビブもああ見えて忙しいから。きっと急な仕事ができてしまったんだよ」

「散歩は僕らが一緒に行くよ。だから、機嫌直して。ね、マリウス」

フォールとクレイグが賢明にフォローにまわった。

「菖蒲ちゃんは？」

「菖蒲は、今日からここでお仕事だから」

さすがに今日だけは自分もマリウスと行動を――と、菖蒲も一瞬は考えた。

「え⁉　ここ？　菖蒲ちゃんのお仕事は、ハビブのお家でしょう？」

だが、それはすぐに諦める。

「前まではね。けど、今日からはここ、シャトー・ブランでのお仕事になるんだ。ほら、桜だって、以前は船の上でお仕事をしていて、その前はホテルだっただろう」

「でも、そうしたらハビブはどうするの？　菖蒲ちゃんがいなかったら、ハビブはなんにもできないんだよ。死んじゃうよ！」

誰に何を言われるよりも、マリウスに言われてしまうと胸が痛い。

「――こら、マリウス」

「さすがにそこまでは。ハビブだって、ちゃんとした大人なんだから」

「だって、ハビブが言ってたもん！　だから僕、そしたら菖蒲ちゃんのことお嫁さんにしなよって言ったら、そうだなって――っ‼」

そもそもいつそんなことを――というのは、もはや聞いてはいけない話だ。

それが証拠に、フォールがマリウスの口を塞ぎにかかった。

背後から口を塞いだまま、ひょいと抱き上げたのだ。

「気にしないで、菖蒲。マリウス！　とにかく準備をして散歩に行こう」

「そうだね。明日には国へ帰ることになるしね」

当然、これにマリウスは猛反撃をした。

両手両足をジタバタさせて、抱えられながらも、フォールの手だけは剝がしにかかる。

「やだっ！　どうしてそうなるの⁉　このあとはパリのお家にお泊まりって言ったじゃん！　いーちゃんたちのお庭もあるって！」

「――あ、そうか。そうだったね、なら、泊まろう泊まろう。今日からでも！」

「え⁉　今日？　菖蒲ちゃんは⁉」

「だから、菖蒲はお仕事！」

「いや～っ！　ハビブも菖蒲ちゃんもいないんて、ひどいよ～っ」

「とにかくこっちは、私たちに任せて」

これはしばらく、フォールとクレイグも大変だ。

だが、今の菖蒲には何もできない。「任せて」と言ってもらった言葉に、甘えるしかない。

「……はい」

フォールに抱えられていったマリウスの「菖蒲ちゃ～んっ」と、それについて歩くいーちゃんたちの「くぉ～ん」に、後ろ髪は引かれたが――。

7

シャトー・ブランに一泊もしないでハビブは一人先に帰国した。

しかし、ホテルに残っていたクレイグたちは、マリウスの強い希望もあって、予定どおりに宿泊した。特にマリウスは、ハビブがいない寂しさからか、二泊目は「菖蒲と一緒に寝る！」と抱きついてきたことから、菖蒲はそれに快く応じた。

子供とはいえ一国の王子様に添い寝などしてよいのだろうか？　とは、気にしたが。

それでも嬉しそうに抱きついて眠るマリウスを見ていると、菖蒲は今夜くらいはゆっくり眠ろうと決めて瞼を閉じた。

そうして、翌日。彼らはチェックアウトしたその足で、パリのタウンハウスへ向かった。

マリウスの希望もあり、数日はそこで過ごすようだが、菖蒲はすぐに仕事へ就《つ》いた。

ここへ到着したのが月曜日。すでに水曜の午後になっていたが、週末の土日には大小の宴会場にて、結婚披露宴の予約が入っている。

本来、このあたりではレストランパーティーやラフに行うことが多い披露宴だが、日本のホテルや式場で行われる披露宴のスタイルをこのシャトー・ブランに持ち込んだのは、誰あろう以前勤めていた菖蒲だ。ホテルにとって、何か少しでも売りになればと考えて入れたものだが、テーブルに高砂《たかさご》や金銀、鶴亀などの呼び名をそのまま使ったことから、ジャパニーズスタイルとして人気のプランに育っていた。

ただ、菖蒲からすると、ここに見慣れたスタイルがあるからこそ、必要以上に不備が目につくのも確かだ。基本、一卓平均七人から十人を一人で担当するため、卓ごとにサービスマンのレベルがはっきりと出てしまう。

来客に、当たり外れと思われかねない。

「オーナーからのお話のとおり、本日より菖蒲誠氏に、私を初め、みなさんの接客や配膳技術の見直し、また指導に当たってもらうことになりました。目標は真の五つ星ホテルになること。先代オーナーが作り上げたシャトー・ブランを取り戻すだけではなく超えること。スタッフが一丸となって達成できるようにしていきましょう」

菖蒲は、まずは支配人や幹部たちに説明をし、持ち運びに関しての技術指導には口を挟まないことを約束してもらった。

また、現在の配膳スタッフに関しては、場合によっては短期で配置換えをする。

その上で、レストランから宴会までの様々なスタイルで注意するべき基本的な違いを経験、理解してもらい、それを菖蒲が見ながら、さらに適材適所へ振り分けていくことも承知してもらった。

人事にかかわることだが、どんな仕事でも向き不向きはある。

三ヶ月を目処に、確実な技術向上を目指すのであれば、やはり個々の能力を見極めて、一番力を発揮できるところへ配置するのが、最良かつ無駄がないからだ。

「香山配膳の菖蒲です。皆さんの仕事ぶりを拝見させていただきましたが、残念ながら五つ星評価のシャトー・ブランのスタッフとしては、不十分だと判断いたしました。お客様をお迎えする気持ちや笑顔はとても素晴らしく、五つ星です。しかし、加えて意識すべき精神、補うべき技術があります。直接お客様と接する部署、特に配膳サービスに関しては、かなり厳しいことを言うかもしれません。どうか個々の向上心で受け止めて、乗りきってください」

「すみません。いいですか？」

菖蒲の挨拶に対し挙手をしたのは、宴会課に所属する新顔たちのリーダー的存在でもある、フロラン・エドガール・ヴィレール。三十代半ばの男性だ。

「どうぞ」

「僕は、ここへ来てまだ一年にも満たないです。しかし、それ以前に十年勤めてきたホテルに比べたら、充分お客様には喜んでいただいていると思うのですが？」

彼の前職はホテルのサービスマン。そこは老舗だが、中堅で大衆的なシティホテルだ。

菖蒲は最初が肝心とばかりに、バッサリいった。

「充分かどうかは、お客様が判断することです。満足して見えても、中には摩擦を避けるために、スタッフに気を遣う方も少なくありません」

「――え？」

「こればかりは私たちに判断はできません。なので、まずは自分たちが自己満足で終わらない意識を持ってください。サービス業である限り、お客様が喜び、楽しい時間を過ごしていただくことは、基本であって、特別な評価には値しません。また、五つ星は、建物の価値だけで評価をされるものでもありません。維持し、清潔に保ち、良質なサービスが提供され、お客様が心身ともに安全に過ごせる。これらがご予約からチェックアウトまで、すべてがつつがなく行われて初めていただけるものです。だからこそ、最高ランクの五つ星を得よう、これを維持しようと思うのであれば、常にそれ以上の意識と技術をもって努めていかなければならないのです」

菖蒲には、フロランの発した言葉が、今いるスタッフたちの大半が思っていることだろうと、感じられていた。

とにかく彼らには、一度〝当たり前〟の認識を変えてもらわなければならない。

そこがスタートラインだとわかってほしくて、多少強めに言いきったのだ。

「今はまだ、ここがどういう状態にあるのかわからない方が多いと思います。私はまずそれをクリアにし、その上で目指すべきヴィジョンをお見せできたら――という思いで、務めさせていただきます。どうかご理解のほど、よろしくお願いいたします」

こうして最初の挨拶を終えると、菖蒲は金曜の昼まではレストランを中心に現場を回った。

そして午後からは、この土日に行われる披露宴の準備や確認のために宴会課へ移動した。

「レストランや宴会でのサービスは、宿泊以外のお客様にも接することが多い部署です。逆を言えば、そこで満足を得ることが、その後の集客に繋がっていきます。今週末は、結婚披露宴及びパーティーが大小五フロアで十五本ありますが、最低各フロアに一度、五回は入るようにします。そこで私のサービスもお見せしますし、皆さんのサービスも見せていただきます」

宴会課所属の正規社員は四十名ほどで、土日などの忙しいときのみバイトを入れているのは、ここも同じだ。

だが、それだけに、現状ではまったくレベルがわからない。

正社員たちにしても、以前からいる者たちならまだしも、フロランたち新入りの仕事に関しては、立食パーティーをこなしているところしか見たことがない。

その状態でも、持ち運びの姿勢に美しさが足りないな——などと感じたくらいなのに。

持ち回りだ、盛り付けだ、プレゼンテーションだとなったら、どうなるのか？

かなりドキドキしている状態だ。

（——わ。明日到着予定の日本からの応援って、誰が何人来てくれるんだろう⁉　旅費まで含めたら、ホテル側の出費もけっこうなものになるだろうな。大和は、先行投資だと言ってたけど……）

しかも、その日の夜のこと。

菖蒲が明日のスタンバイが終わっている宴会場を見て回っていたときだった。

「そこで何をしているんですか？」

使用予定のない大広間の片側半分で、フロランたち新顔のメンバー二十名程度が、なぜか音楽を流して踊っていた。

「ああ。すみません。フラッシュモブの練習です。週末の披露宴に、スタッフからのサプライズサービスで、盛り上げようって決めていて」

だが、思わず声をかけて返ってきたのが、これだった。

「——は？　何をするですって？」

「え？　菖蒲さん、フラッシュモブを知らないんですか？　かなり前から流行《はや》ってますよ」

「それは知っています。実際目の当たりにしたことはないですが、新郎新婦が大感激とか、大成功しているものに限っては、ネットでも動画が流れているので」

今にも声を荒らげそうな自分を必死で抑えて、菖蒲は彼らの中へ入っていった。

「――ただ、私は招待客が勝手に企画したサプライズのために、ろくでもなく盛り下がったり、中には新郎新婦が大喧嘩になって、そのまま離婚に発展したケースも聞いたことがあります。それこそ天国から地獄です。来賓《らいひん》がやってもどうかと思うのに――。式場関係者が勝手にやるなど、そもそもが間違っているでしょう」

「いや、でも。ここってやっぱり建物から歴史から素晴らしく夢があるじゃないですか？　なので、テーマパーク的なダンスで盛り上げて、記憶に残るパーティーにしてもらって、また来たいな――って思ってもらえたらって。一生懸命練習して、ようやく仕上がってきたので今週末から始めてみようかってなって……」

しかし、我慢と説明の甲斐もなく、結果としてはぶっちぎれた。

「みようかなって。ふざけるな！　君たちは人様の結婚披露宴をなんだと思ってるんだ！」

大和相手に、駄目出しを連呼したときの比ではない。

思い返しても、ここまで怒鳴ったのは、人生で初めてかもしれない。

「たった一度の人生の記念日に、万が一頼まれもしていないことで失敗したら、どう責任を取るんだ⁉　よかれと思ってやったことなら、なんでも許されると思ったら大間違いだ！　仮に、新郎新婦の依頼であったとしても、プロを雇えって話だ。だいたい、君らが踊っている間のサービスは誰がするんだ？　お客様はダンスを見ているから、気にしませんとでも言うのか？　冗談じゃない！」

だが、ここで言わなければ、菖蒲がなんのために滞在しているのかわからない。

また、彼らにも、なぜ菖蒲がここにいるのか、わからないだろう。

「君たちは、料金外のサプライズサービスだし、お客様は大喜びしてくれるに違いないって思ってるみたいだけど、そんなものは料金に見合ったサービスが提供できるようになってから考えることで――。それに、世の中には一言でいいから先に言えってことがごまんとあるし、サプライズが大嫌いっていう人間だっているんだよ。新郎新婦が喜んだとしても、来賓は？　親族は⁉　そこまで考えたのか！」

菖蒲は言えば言うほど、怒りを超えて情けないほうへ、気持ちがスライドしていった。

「頼むから、現実に向き合ってくれ。本業に問題があるから、こうして俺が見ることになってるんだ。どうか勘違いな方向に、その貴重なサービス精神を発揮しないで。踊っている時間があるなら、どうしてトレンチを持って美しく移動する練習をしてくれないんだよ」

そもそもこいつらにサービスの基本を教えたのは、どこの誰なんだ⁉

そいつをここに出せ！　と言いたいところだが、そうもいかない。

それが余計に虚《むな》しさを生む。

「サーバーの持ち方、プレゼン、盛り付け。ワインの銘柄やシャトー・ブランの歴史、お客様と話すための知識やニュース――。勉強すべきことは山ほどある。今の君たちに足りないものは踊りじゃ埋められないし、お客様に喜んでほしい気持ちがあるなら、まずは心身からプロのサービスマンになってくれ。そこまで行き着いたら、どうしてこんなに俺が怒っているのか、理解できるはずだから」

意識の違いと言ってしまえばそれまでなのか？

菖蒲はたまたま最初の仕事場にいたときから、香山やその登録員たちの仕事を見てきた。

そこから学んだことは、技術以上にメンタル面が大きい。

だが、だからこそ、誰かに喜んでほしいと思えば技術がいる。それも正確で繊細な技術だ。

どんなに話術が達者で気遣いができても、この基本が確かでなければ、小手先だけのサービスになってしまう。そう、気づけたものだが――。

「あ、でも。スタッフみんなでサークル活動としてダンスを楽しむなら賛成だよ。ただ、怪我だけはしないように気をつけてくれたらね」

「……」

菖蒲は、最後こそ口調を和らげたが、その場を去る笑顔からは、残念な思いが拭えなかった。

広間から出たところで、支配人が申し訳なさそうに声をかけようとしてきたが、それにさえ会釈で通り過ぎるのがやっとだ。

（俺は本当に正しいことを言って、やってるんだろうか？）

ふと、不安な気持ちになる。多少なりにもあったはずの自信が、今にも崩れそうだ。

が、そんなときだった。

「――菖蒲ちゃん。ハビブのところに帰ろうよ」

「え？　マリウス様。フォール様に、クレイグ様……。SPの方々もどうして」

広間前から移動し、螺旋階段を下りようとしたところで、ばったりと出会った。

すでに帰国したか、最初の予定どおりハビブの宮殿へ向かったものだと思っていたのに――。

「ごめんね。これが菖蒲の仕事だからって説明はしたんだけど……。だったら、仕事が終わるまでパリから動かないって言い張って」

「滞在場所を確保したことが、あだになってしまったよ」

どうやら、そのままハビブのタウンハウスに滞在しているようだ。フォールとクレイグも大変そうだが、これでは魁や桜たちが心配していないか、そこも気になり始める。

だが、もともと一、二週間はのんびりする予定だったことを考えると、まだ慌てる時期ではないのかもしれない。犬猫たちもいるので、大人たちは大変だろうが――。

「だって！　菖蒲ちゃん、全然ニコニコしてないよ。ここへ来てから変だよ。ハビブのお家にいたときは、ずっとニコニコ笑って、すごく嬉しそうにお仕事だってしてたのに」

「マリウス。そういうお仕事もあるんだよ。というより、ハビブのところでニコニコしていたのも、菖蒲にとってはお仕事だから」

「フォールも変！　なんかみんな変！　桜ちゃんは魁パパのところに来て、いつも大変だ大変だって言ってるけど、ニコニコしてるよ。忙しそうだけど、嬉しそうだよ。菖蒲ちゃんや桜ちゃんのお仕事って、そういうのじゃなかったの⁉」

「マリウス」

ただ、こんな小さな子にまで心配をかけているのは、ほかの誰でもなく自分だ。

それも、根本的なところを見られて、指摘をされて、菖蒲もハッとせざるを得ない。

「そうですね。確かにマリウス様の言うとおりです」

「菖蒲ちゃん！」

「でも――。それなら私は、ここでもニコニコできる、心から嬉しいって思えるような仕事をしなくちゃいけません。そうでないと桜や社長たち、誰よりハビブ様やマリウス様たちにも恥ずかしいので」

菖蒲は本当にそうだ――そうだったと痛感した。

と、同時に、今ここで迷うくらいなら、初めから受けなかったほうがいい。

方針も期間も明確なのだから、ここへ残った自分にできることはただ一つだ――と。

「え～っ。それもなんか違うよ～っ」

「違わない、違わない！　さ、邪魔になるから戻るよ」

「フォールの意地悪～っ。菖蒲ちゃ～んっ！　また会いに来るからね～っ」

ただ、菖蒲が笑って意志を伝えると、フォールやクレイグたちは、少し安心したようだ。

気にしてくれているのは、マリウスだけではない。もしかしたら、マリウスの我が儘を聞くふりをして、彼らも菖蒲の様子を見に来てくれたのかもしれない。

（マリウス様。フォール様。クレイグ様。それにＳＰの皆さん。本当にごめんなさい）

菖蒲は、その場に立って、力いっぱい両手で頬を叩いた。

それこそ、パンパン——と、音が響いたほどだ。

（笑顔笑顔！　俺にとっては、ここが背水の陣だ）

しかし、そこから歩き始めた菖蒲の背筋は伸びており、足取りは力強かった。

そんな後ろ姿を支配人やフロランたちが見つめていたのには気付いていたが、今は振り返ることをしなかった。

＊＊＊

翌日、土曜日。

昼前から予定されている結婚式や披露宴のため、菖蒲は早朝から仕事に入った。

最長でも三ヶ月という契約のため、今回はホテル内のシングルルームを提供されて滞在中だ。

だが、これが善し悪しで、気になることがあれば、その足で職場へ行けてしまう。

そうでなくとも、自室に戻ったからといって、休んでいるわけではない。寝る間も惜しんで仕事をともにしたスタッフの査定表を作成し、今後のレストランや宴会課のスケジュールを確認し、いつでもベストな人事異動ができるようにと、気が張っているのに——。

「やっほー！　菖蒲。手伝いに来たぞ〜」

「遠征、久々〜っ」

「高《たか》さん！　え？　中尾《なかお》課長まで……。どうしてここへ⁉」

しかし、今朝はそんな菖蒲に救世主が現れた。

一人は今現在の香山配膳のナンバースリー、本場パリでシェフ・ド・ランの修業を積み、なおかつソムリエの資格をも持つ三十代の高見沢《たかみざわ》。

そしてもう一人は、元香山配膳所属で、現在は国内屈指のラグジュアリーホテル・赤坂プレジデントの宴会課長を務めている四十代の中尾。それこそ香山晃と並んで専務の中津川がまだ現場に出ていた時代の香山TF《テンフィンガーズ》――トップテンの一人だ。

どちらとも面識があり、仕事もしたことがあるが、それだけに驚くばかりの面々だ。

菖蒲は、ホテル側から用意されていたスイートルームに二人を案内した。

すると、彼らはすぐに持参した黒服に着替え始めた。

到着早々だが、このまま仕事に入ってくれるという。心強いなんてものではない。

「俺たちが菖蒲応援団の第一弾だ。来週のVIP披露宴までには、専務がもう何人か選りすぐりを手配してるから、大船に乗った気でいろ」

「そうそう。話を聞いたうちの社長の松平《まつだいら》もさ。社員の意識改革をするなら、香山レベルが最低三人は入ってる状態で見せたほうがいいって。菖蒲が一人で手本を見せても、同じレベルが数人揃うとこんなに違うってわからないだろうし。物理的に無理なことは出てくるしさ」

どうやらこれも、大和と香山の間で相談されていたようだ。

それにしても、第一弾からトップクラスを送り込んできたところで、香山の本気が窺える。

まるで菖蒲に、これはお前一人が出す結果じゃない。これで駄目なら全員諦めがつくだろう——と言わんばかりだ。

「ありがとうございます。助かります。来週末のＶＩＰ披露宴はそうとうすごい人たちが集まるので、オーナーと予算相談をして、社長にも応援をお願いしていたんです。けど、彼らには段階を踏んで見せられたほうが効果的なので」

ようやく話が通じる相手に出会えた安堵は、菖蒲にしかわからない。

これが菖蒲にとっては、自然とこぼれる笑顔に繋がる。

嘘のように心が軽くなる。

「一人より、三人。三人より五人。もしも全員が同じ仕事レベルに達したら、そしてその中に自分がいたら、どれほど違ってくるのか。世界観さえ変わって見える——。そういうことを想像して、わくわくしながら目指してほしいなと思っていたので。俺が最初の職場で、それを見たときのように——」

「なら、今日からはそこを目指すだけだ」

「はい。——でも、中尾課長。お仕事は？」

菖蒲はこうした安堵こそを、フロランたちとも共有できたら、どれほど素晴らしいかと思う。

その気持ちに嘘はない。彼らには彼らの魅力があり、もてなしの精神もあるからだ。

「俺は遅い夏休み。派遣メンバーが足りないって話が漏れ聞こえてきたから、有給中に手伝いに行ってもいいかって、上に相談したのよ。そしたら、香山配膳に恩を売れるなら——ってことで、即

ＯＫ。なんでも社長が来週ここでやる披露宴にも招待されているから、先に行って状況報告してくれたら足代も出してくれるって言うしさ」

「――え⁉　そうしたら、中尾さんはスパイなんですか？」

「そう言ったらスパイだな。ただし、ここのじゃない。香山配膳・菖蒲誠のだ」

「俺ですか？」

「来週の披露宴の招待客はフォール氏を初め、ホテル関係者が多いだろう。そもそも新郎が欧州ツーリストの社長で、世界中のホテル関係者に知り合いがいる。新婦と義母がノリノリでここに決めたとは聞いたけど、ある意味自社と繋がりがなかったから、ここでＯＫしたんじゃないかって、うちの社長は見てたよ。これを機に仕事上でも繋がれるだろうしってことで」

「……ああ。なるほど。横繋がりを避けて新契約開拓すれば一石二鳥ですものね。でも、それで俺のスパイはおかしくないですか？」

こうして中尾と話す間も、菖蒲はこの感覚や空気を、どうしたらフロランたちに理解し、また共有してもらえるかを考えていた。

実践《じっせん》あるのみは確かだが、もっと他にも何かないか？　と。

「そうか？　今の状況でどんな披露宴サービスになるのかより、菖蒲とそれをフォローする香山メンバーがどうやって乗りきるのかってことのほうが、興味津々《きょうみしんしん》だろう」

「というか、それ。結局、そのフォローにどれだけの香山顧客が動くのかを見極めたいとか、一番の貢献者になって、派遣を優先的に融通《ゆうずう》してもらおうとか、そういう魂胆《こんたん》なんじゃないですか～？」

「わかっていて聞くな、高見沢。他に目的なんかあるはずないだろう。赤坂プレジデントの宴会現場を仕切っている俺が、直々に休暇を潰してきてるってところで見え見えだろう。なぁ、菖蒲」

「え⁉」

「だから、帰国したら、うちの常備としてこいよ。なっ、なっ」

「もう——。中尾課長ってば」

「適当にあしらっとけよ。選択権は常に登録員にありだ。社長が認めている権利なんだから、そこはフルに使っていけよ。かれこれ四年もその価値のわからないところに尽くしてきたんだからさ」

「高さんまで」

そんな話をするうちに、すっかり準備を終えた二人が、表情を変えた。

頼もしいばかりの戦闘モードだ。

「ま、とりあえず。まずはこの週末の一山を片付けるか」

「それで、今日からの部屋割りと人選はどうなってるんだ？　一発目はお前の教えをきちんと守ろうとしてきた旧メンバーと俺たち三人で八割を固めろ。残り二割は新メンバーで一番発言力のある奴らだ。まずは、そいつらに違いを納得してもらわないと、短期で末端まで理解させるのは難しい」

「はい。よろしくお願いいたします」

菖蒲は自分が考えていたことと、彼らの意見が一致していたことで、午後からスタートする披露宴のチーム編成をすぐさま組み直した。

披露宴の料理コースの中でも、もっともプレゼンテーション難度の高いジャパニーズプランの一本を選んで、スタッフを選抜した。

　大広間の半分を使って行われる招待客二百名余りの披露宴は、この土日の中でもっとも盛大に行われる宴だった。高砂の他に八人掛けの円卓二十五組がすでにセットされた一室は、生花の甘い匂いが漂い、宴の開始を持っている。

　だが、この一本が特別であることは、担当スタッフの入れ替えが伝えられたところで、誰の目にも明らかになった。

「嬉しいです！　久しぶりに菖蒲さんと一緒に仕事ができるだけでなく、この顔ぶれに入れるなんて」

「本当だよな。教わったことを忘れなくてよかったよ」

　この一年、状況の変化に混乱を強いられるも、だがついていくしかなかった旧メンバーは、ようやくその目に輝きを取り戻し始めた。

　しかしその一方で、二割ほど入った新メンバーたちからは、不穏な空気が流れ始める。

「なんだ、あいつら？　自分たちは特別だ――みたいな顔をして」

「――俺たちはテーブル担当を外されてる。ドリンク専門なんて初めてだ」

　いち早く菖蒲の意図を察知したのは、やはりフロランだった。

「なんだよ、これ。依怙贔屓《えこひいき》かよ。それともあえてのフラッシュモブ要員？」

「そんなわけないだろう。あれだけ怒られて」

「――でもさ。だとして、どんな意図があるんだ？　新郎新婦テーブルと進行には助っ人で来た高見沢氏がついているけど、上座の卓には前からいる連中だ。しかも、配膳距離と人数が一番大変な新郎両親卓を菖蒲さん、子供連れの多い親族テーブルに中尾氏がついている。それに、この二人は黒服も着ていない。ジャケットを俺たちと同じにしているなんて……」

「てっきり菖蒲さんたちは、進行と上座の担当をするのかと思ってたのに――。というか、一番大変な席に菖蒲さんって？」

ただ、ミーティングのホワイトボードで貼り出されたテーブル担当の配置には、そろって首を傾げていた。が、菖蒲はあえて説明はしなかった。

（あいにく、この程度の部屋なら、ハビブ様の寝室を歩き回るのと大差がないんだよ。そもそも大変な接客こそ、慣れた人間が担当しなくてどうするんだ。上座担当がスタッフの花形っていう考え方も、直してもらわないと……）

すべては自分の目で見て、考えてもらわなければ意味がない。

そして辿り着いた答えに、いつか自分も――と心が動かなければ、短期での成長を望むのは難しい。

そうでなければ、以前の三年がかりと、似たような結果になってしまうからだ。

「それでは、各テーブルに椅子引きについてください。迎賓です」

ここからの約二時間半は、菖蒲にとっても、シャトー・ブランにとっても、今後を見極めるための最初の岐路だった。

「――え⁉　菖蒲さん。どうしてそんなに移動が速いんですか？」

「いいからグラスの確認をして。君たちがいるから、俺も運んでまくことに集中できるんだから」

「……はいっ」

菖蒲は、フロランに鶴テーブルを含む数卓のドリンク担当を任せた。

もっとも近いところで、自分の仕事を見せるためだ。

そうして、最初に移動の速さに気付いて、まず驚いていた。

「スープは手伝います。ここの銀食器はかなりの重量だし。往復だけでも大変じゃないですか」

「これぐらいは大変っていわない。それに、来週はこの倍はある大広間でやるんだよ。これらのプレゼンテーションを」

「……菖蒲さん」

彼が気を遣うタイプであることは、菖蒲にも充分伝わってきた。

だが、だからこそ、彼の中にある〝当たり前〟のレベルを上げてほしいと願う。

同時に、宴会場全体にも意識を向けて、普段との違いにも気付いてほしい――と。

「――菖蒲。まくタイミングは、どこまで合わせていく？」

「魚までは差がなく進むと思うので、中尾さんにも聞いて、ソルベ以降で様子を見ませんか？」

「了解」

菖蒲は、普段なら目配せで終えてしまうようなこうしたやり取りも、あえて裏で、フロランたちに聞こえるように話してもらうよう、高見沢にも頼んでいた。

特に解説じみたことは言わない。これも会話を耳にした本人たちで、考える材料にしてほしいという思いからだ。

「マジかよ。料理持ってフロアへ出る順もあるけど、旧チームの奴らが友人卓に着くときには、もう一番遠い新郎両親卓に着いてる。菖蒲さん。顔に似合わず腕力脚力ともに並みじゃないんだけど」

「しかも、各テーブルの料理のまき始めが、上座から鶴亀までピッタリ綺麗に揃ってるし」

「高砂、友人卓、鶴の三人が軸になり、それに他の連中が合わせていくから、全体がピシッと揃うし、しまって見えるんだな。こんなに優雅に流れていくサービスは初めて見る。これって意識して揃えられることだったんだ」

そして、先ほどの会話の意味に最初に気付いたのも、やはりフロランだった。

菖蒲の中で、微かな光がシャトー・ブランに差し込むのを感じた瞬間だ。

「おい！　お子様大騒ぎの席なのに、中尾氏の肉の取り分けがすごいよ。まるでシェフが盛り付けたみたいだ。しかも、菖蒲さんなんて、来賓に何を聞かれてもさらっと答えてるし。よく考えたら日本人なのに、普通に俺たちより言葉遣いが丁寧で流暢《りゅうちょう》だよ」

「これを見たらダンスは……、踊らなくてよかったとしか言えないですよね。上品で穏やかな雰囲気がぶち壊しになる。盛り上がるとかっていうより、ただ騒がしくなっていただけかも」

「本当にな――。これが本来の五つ星。そして、彼らに至っては〝香山レベル〟って言われる師範の域なんだろうな。踊る前にもっと勉強することがあるって――、まさにだ」

ことあるごとに、裏で立ち止まって話しているのは、あとで叱《しか》らなければ――とは、思った。

だが、許されるなら彼らの発見や感動話を、一晩中でも聞いてみたい。

そして、自分にも同じ気持ちで先輩たちのサービスを見て感動した瞬間があったことを、久しぶりに心ゆくまで話したい——とも思った。

「いつか俺たちも、先日の菖蒲さんの怒りを心から理解したいですね。今は、申し訳ない気持ちばかりだけど」

「——ああ。でも、そのときは、洒落で踊って見せつけてやりたいけどな」

「そこまでいったら、さすがに笑ってくれるかもしれないですね。俺たちにも」

菖蒲は、全力を尽くした二時間半で、自分の作り笑顔が、心からのそれに変わっていくことを実感していた。

そしてそれは中尾や高見沢にも通じたのだろう。ポンと肩を叩く手には、「希望はあるんじゃないのか」という感想が含まれていた。

「中尾課長。高見沢さん。お疲れ様でした。今日は到着早々、ありがとうございました。明日もありますし、どうか先に上がって休まれてください」

「ああ。悪いが今日だけは、そうさせてもらうよ。フライト直後の老体に鞭打《むち》ったから。な」

「——ですね」

菖蒲は、二人を部屋に返すと、翌日のスタンバイを進めながら、新旧のスタッフたちにねぎらいの声をかけた。自分が感じていた喜びも、素直に表した。

「菖蒲さんってさ。じつはベビーフェイスで可愛いんだな」

「え？　俺は気付いてたよ。普段は鬼みたいなオーラを巻き散らしてるけど、社食でプリンを食べてる姿は超可愛かった。十代にしか見えなかったから。あの三十代はきっと魔法だぞ、魔法！」

「言えてる！」

これだから迂闊にニコリともできないんだ――とは思ったが。


長くも短い一日が終わった。

菖蒲はそのまま部屋に戻らず、真円に近い月に誘われて中庭へ出た。

（ハビブ様）

ふと、その名前が浮かんだ。

木々と花々に囲まれたホテルの中庭。そこへ美しい月明かりともなれば、もっと別なことが浮かびそうなものだが――。

仕事から気持ちが離れた菖蒲には、彼以外に思い出すことは、ないに等しいようだ。

「お疲れ様。今日もありがとう」

ベンチに腰をかけていると、背後からねぎらいの言葉がかけられる。

「オーナー」

「披露宴のサービスを見せてもらったけど、やはり気持ちだけでは五つ星は維持できないって、よくわかった。付き合いでいいホテルに行くことはある。けど、まるで違った。宴会なのにレストランみたいというか……。細部にまで気を遣っているところがまったく違うってことは、素人目にもわかった。今、支配人とも話してきたところだ。彼も同意見だったよ」

回り込んで、菖蒲の隣に腰を下ろしてきたのは、大和だった。

今日は何度か宴会場に現れていたので、彼が言わんとするところは伝わってくる。

「そうですか。けど、これを機に変わっていくと思いますよ。フロランたちも、基礎から自分たちの配膳を見直しますって言ってくれましたし。早い段階で応援が来たことが、功《こう》を奏《そう》したんだと思います。ご手配、ありがとうございました」

「そこは香山社長の采配だから。俺は、彼にも、わからないのでお任せしたいって、言ってしまった不出来なオーナーだからな」

「古城主としては、潔くていいんじゃないですか」

「なら、よかった」

きっかけ一つで良くも悪くも変わっていくのは、仕事だけに限らない。

だが、大事なのは、きっかけそのものを見過ごさないこと。見失わないことなのではないかと、菖蒲も改めて感じた。

すると、大和が一息つきながら、夜空に浮かぶ真円を見上げた。

「月が綺麗だな」

「はい」

菖蒲は心から同意した。今日の仕事に成果を感じられなければ、この月も淀《よど》んで見えたことだろうと思ったからだ。

「結局、そういうことなのか！」

しかし、ここで突然怒鳴られた。

「え――、ハビブ様⁉」

「何が仕事に専念だ！　月が綺麗だ！　俺が必死で宮殿の案件を片付けて、戻ってきたっていうのに。お前が自由に、好きに生きられるレベルの男は、所詮その程度なのか！」

「⁉」

立ち上がって振り返るも、意味がわからなかった。

そもそも、どうしてここにハビブが現われたのか、そこからして謎だ。

混乱しか起こらない。

「失礼な！　いくらなんでも、あなたに〝所詮〟と言われる筋合いはない。誠があなたに靡かないからといって、八つ当たりしないでください。男として一番みっともないですよ」

「大和‼」

しかし、明らかに喧嘩を売られた大和は、黙っていなかった。

ベンチから立ち上がると、ハビブへの憤慨を露わにする。

「そもそもあなたは、どうして気がつかないんですか？　誠は俺を大和と呼ぶ。だが、あなたのことはハビブ様と呼ぶ。これがすべてです。あなたとは決して対等な関係、恋愛にはならない証です。俺を所詮その程度の男だというなら、誠もその程度の男なんですよ」

ただ、大和の言い分を聞くうちに、菖蒲はハッとしてある一文を思い出す。

――月が綺麗ですね。

そもそも菖蒲が大失敗をするきっかけとなった、あのフレーズだ。

しかも、これを日本人である菖蒲が言葉のまま使っているのに対し、なぜか日仏ハーフの大和とアラブ人のハビブは「アイラブユー」「愛しています」という和訳と同意語にしている。

菖蒲からすれば、冗談じゃない話だ。日本語や雑学が堪能などという問題ではない。

そんな解釈をされたら、うっかり月見もできなくなる。

「けど、だから彼は俺だと安心できる。肩を並べて、ときには叱咤激励《しったげきれい》もできる。誠は俺が相手なら遠慮なくなんでも言えて、何一つ不自由な思いもしない。どんなにあなたが素晴らしい権力者であっても、誠のような人間には安心できない男なんですよ」

「――安心できない男。まあ、そう言われたら、そうだろうな」

しかも、自分をさんざん袖にした菖蒲が大和に、こうも呆気なく――とでも思ったのか、ハビブは大した抵抗も見せないまま、その場から去ってしまう。

もちろんSP付きだ。

振り向きながら、菖蒲に会釈をしながら追いかけて行った。

(ハビブ様っ！)

さすがにこの誤解は解きたいという思いから、菖蒲は慌てて追いかけようとした。

だが、それは大和に肩を掴まれ、阻まれる。

「追うな！　無理だってことは、自分が一番理解しているから、彼から離れたんだろう。それに、今ならどうしてジェロームが、誠にかかわることだけは何も残さなかったのか、連絡先も何も俺には教えていかなかったのかが、よくわかる。ジェロームは、この状況に置かれた俺が誠と再会したら、必ず惹かれる。愛してしまうってわかっていたんだ。自分が手に入れられなかった誠のことを、俺だけには奪われたくなかったんだ！」

彼には彼で思うことがあったのだろう。

菖蒲のこと、ハビブのこと、何より兄であるジェロームのこと。

しかし、それは菖蒲が思うこととはまったく違った。

この誤解もまた、今ここで解いておかなければ、あとに引きずるだけだ。

「それは、違います」

菖蒲は、肩を掴んだ彼の手を外した。

「違わない。実際、こうして俺は誠のことを――」

「だとしても！　ジェロームはそんなことは、考えていませんよ。これは、ある幹部が教えてくれた話です。ジェロームが自分の死後、俺に連絡を取るな。香山配膳を頼るなと遺言したのは、本当の意味でシャトー・ブランをあなただけに託すためだそうです。あなたが今後どうしたいのかを自分自身で決められるように。俺みたいな、シャトー・ブランの危機を知れば駆け付けるようなお節介を遠ざけたんです」

そして、ここ数日のうちに聞いた話を、大和にも伝えた。

実際の言い方はもっとソフトで気遣いのあるものだったが、菖蒲にとっては「おのれジェローム‼」と奥歯を嚙ませるような内容だった。

「これを聞いたとき、正直俺もショックでした。けど俺は、ジェロームがシャトー・ブランより大切にしていたのが、後にも先にも弟のあなただけだということは聞かされていた。それに、俺ならあとで実情を知っても許してくれるだろうとまで、言い残していたそうです」

ジェロームはあえて菖蒲や香山を避けた。

それは、彼にとっては菖蒲が一番の理解者で、たとえ真相を知ったところで、「ジェロームならそうする」という考えに行きつくと、信じて疑っていなかったからだろう。

「もちろん。ジェロームのあなたへの思いは恋じゃないですよ。肉親の無償の愛です。よく俺に言ってました。このブラコンを理解してくれる相手が現れない限り、結婚はできないって。家庭内親族内のいざこざに疲れて、嫌になって。気持ちがどす黒くなっていたときに、あなたが生まれて。屈託のないあなたの笑顔と、お兄ちゃん、お兄ちゃんと慕ってくれたあなた自身に救われて、癒《い》やされて――。あなたに支えられたことがとても大きかったから、その結果のブラコンだそうです」

「――」

大和はますます想定していなかったほうに話が進んで、返す言葉をなくしたようだった。

唖然としている顔を見ると、菖蒲は「これだけはジェロームが悪い」と、悪態をつきたくなる。

「愛している」という気持ちは、言葉がなければ充分に伝わらない。

ましてや本人が亡くなったあとでは、誰が代弁したところで、正確には届かない。

「雲が出てきましたね。もう、月が見えない」

菖蒲は、最後にそう言って、溜息を漏らした。

その後は「おやすみなさい」と呟き、その場から去った。

（ハビブ様――）

8

自分には彼を追いかける権利もなければ、誤解を解く権利もない。

そうは思っても、菖蒲はハビブのことが気になるまま、一夜を明かした。

（それにしても、宮殿の案件を片付けてきたって……どういう意味だったんだろう？　まさかハビブ様に限って、俺に告白した以上におかしなことはしないと思うけど……）

よく眠れない日が続いていた。

しかし、いったん現場に出たら話は別だ。

今日は陣頭指揮に立ち、高砂を担当する披露宴もある。一日中黒服を着用する。それこそフロランたちの手本となれるような仕事をしなければと、いっそう気持ちを引き締めた。

菖蒲は自身を奮い立たせて、高見沢や中尾とともに、バックヤードへ入る。

するとフロランたちや旧メンバーたちが、揃って声をかけてきた。

「菖蒲さん。みんなで話してたんですけど、今日の大広間。来週のＶＩＰ披露宴をイメージしながらやってみようと思います」

「――来週の？」

「規模が似ているので、いつもよりいろんなことを意識して、サービスしてみようって」

「今日の新郎新婦にとっては、一度きりの披露宴です。でも、だからこそ俺たちもこれまでになく、一度きりを意識し、理解して、スキルアップを図れたらなと……」

「――そう。それはいいことだね」

「俺たち、アフターにサーバーの扱いや盛り付けのチェックをしようってことで、向上委員会を立ち上げました。まあ、踊ってたメンバーがそのまま入っただけですけど、先輩たちも手伝ってくれるって。時間があるとき、顔を出してもらえますか？　少しでもいいので」

「そういう誘いなら、いくらでも。一緒にチェック係をしてもいいよ」

「やった！」

どうやら昨日の一本は、フロランたちへの影響が大きかっただけでなく、もとからいる「先輩」と呼ばれるようになったメンバーたちの心にも響いたようだ。

「――きついことばかり言ってしまって、ごめんね」

菖蒲は嬉しさから、気が緩んだ。

彼らには、意識的にきつく当たってきた。また、童顔で舐められないようにと警戒もしていたので、こうなると申し訳なさが込み上げてきたのだ。

「いいえ！　俺たち、自分が五つ星ホテルに勤めているから、五つ星サービスマンであり、ホテルマンだって、ずっと信じ込んでました。けど、よく考えたら、そう思い込んだメンバーに限って、一度として五つ星には勤めたことがないし、自腹で行ったこともありませんでした」

「だから――。菖蒲さんたちの仕事を見て、すごくショックで。けど、それはいい意味での衝撃で。今は、本物の五つ星のスタッフになりたいって気持ちで、基礎から練習し直そうって」

「中には、目指せ香山配膳！　もいるんですよ。どうせなら香山クラスと呼ばれたいって」

しかし、こうした菖蒲の本心を知ることは、今の彼らにとって、よりよい団結力に繋がった。

これこそが、もとから気持ちは五つ星なのだから――という、人となりの表れだろう。

持ち前のエネルギーがいいように転じてくれれば、シャトー・ブランの未来は明るい。

「そう言ってもらえると嬉しいよ。本当、私もできる限り協力するので」

「ありがとうございます！」

「じゃあ、気持ちも新たに、超厳しい目で、スタンバイのチェックから始めようか」

「菖蒲さん。先に俺たちですべてチェックさせてください。菖蒲さんは最終確認で、俺たちのチェックぶりも含めて見てください」

「了解」

しかし、そう言って「さあ、始めようか」とバックヤードから広間へ入ったときだった。

フロア側の入り口から、突然マリウスが走り込んでくる。

「菖蒲ちゃんっ、見つけた‼」

「マリウス様？」

「お願い、すぐに来て！　ハビブがテラスから落ちちゃったんだ。ずっと目を開けないの！」

いきなり手を摑まれて、グイグイ引っぱられた。

それも、尋常な力ではない。菖蒲は、マリウスとSPたちの顔を見渡す。

「テラスから落ちたって……。どういうことですか？」

「昨夜、タウンハウスへ戻られてから、随分と深酒をなさって……。それで、誤って」

伏し目がちに状況を教えられて、膝から頽れそうになる。深酒の理由も、転落の様子も、すべてが想像できるだけに、逆にその場から動けなかった。

「いいから早く！　僕と一緒に来て、菖蒲ちゃん!!　本当にハビブと会えなくなったら、どうするの？　死んじゃったらもうお話しもできないんだよ！　喧嘩も仲良しも、なんにもできなくなっちゃうんだよ!!」

「……っ」

これまでになく強引なマリウスに、菖蒲は奥歯を噛み締めた。

「菖蒲。その子の言うとおりだぞ」

「ここは大丈夫だから、俺たちに任せて行ってこい！」

言われるまでもなく、もはや頭の中はハビブのことでいっぱいだった。

「俺たちも大丈夫です。高見沢さんも中尾さんもいますし」

「信じてください。ちゃんと、精一杯やりますから!!」

はからずも彼らの言葉に甘える形にはなったが、そうでなければ無言で走り出していただろう。仕事も何もかもを捨てて――。

「ごめん……、なさい。お願いします！」

崩れそうになった下肢に力を入れると同時に、菖蒲はその場から走り出す。

「あ！　菖蒲ちゃん!!」

「菖蒲様！　自家用のヘリはこちらです」

慌ててあとを追ってきたＳＰは二人。そのうち一人はマリウスを抱えて、闇雲《やみくも》に走り出した菖蒲をホテルの裏へ誘導した。

「はい！」

操縦席には、ＳＰが一人待機していた。菖蒲たちが乗ってしまえば、あとはパリ市内へ直行だ。車で一時間の道でも、空からなら二十分もかからない。

「それでハビブ様の容態は？　テラスから落ちたのは、昨夜ですか？　それからずっと目を覚まさない……。意識不明が続いているということなんですか？」

「――落ち着かれてください。すぐに到着しますので、説明はそれから」

（ハビブ様！）

ただ、彼の無事だけを祈るようにして向かった菖蒲だが、マリウスやＳＰたちに忙しく案内されたのはタウンハウス――ヘリが降りたのも近隣のビルの屋上だった。

「え？　病院に搬送されたわけじゃなかったんですか？」

「あ、菖蒲！」

「フォール様。マリウス様から聞きました。ハビブ様がテラスから落ちて危篤《きとく》だって」

「説明はあとだ。突き当たりの部屋だから、早く行って！」

「はい。ありがとうございます」

状況がわからないまま、ハビブのもとへ案内される。

しかし、顔を強張らせたフォールを見ると、菖蒲の緊張は強まるばかりだ。

「ハビブ様！」

部屋の前で待機していたSPが会釈とともに扉を開いて中へ通してくれる。

菖蒲が初めてハビブに身を委ねたベッドには、カンドゥーラを纏ったまま横たわる彼の姿があった。長い金糸を波打たせて瞼を閉じている。

（まさか――、すでに⁉）

全身に震えが走り、鳥肌が立った。

菖蒲は、衝動のままベッドへ駆け寄り、ハビブにかけられていた上掛けに触れた。

「ハビブ様」

恐る恐るその腕に手を伸ばした。

「……ん？」

触れた瞬間、金の睫に縁取られた瞼が揺れた。ゆっくりとだが、双眸が開く。

「気がつかれましたか？　よかった――。フォール様！　主治医の先生はどこですか⁉　ハビブ様が気がつかれました！　早く先生を！」

どういう状態にあったのかはわからないが、とにかく先に診《み》せなければ――と、菖蒲が声を大にし、身を翻した。

だが、今度はそれを聞いたハビブが、慌てて上体を起こす。

菖蒲の腕を摑んでくると、力任せにベッドへ引っぱる。

「ちょっと待て、菖蒲。いきなり来たと思ったら、何を叫んでるんだ⁉　フォールに主治医って、誰か何かあったのか⁉」

「急に起きてはいけません！　昨夜酔われて、誤ってテラスから落ちて……。意識不明の危篤状態だったんですよ」

「誰が？」

「ハビブ様が」

「――は？　どうして俺が？」

必死になればなるほど、話が嚙み合わない。

それどころか、一見してわかるほどハビブは元気だ。普段のように裸体で寝ていなかったので、すっかり信じ込んだが、酔ったまま寝かされていたと考えるなら、何にも不思議はない。

「――っ、マリウス様！　フォール様‼」

思わず、怒声を響かせた。

しかし、頭上からは聞き覚えのあるヘリの音がする。

「申し訳ございません！　すでにお二人は諸用にて、ここを発《た》たれました」

菖蒲をここまで連れて来たSPの一人が出入り口で土下座に及んできたが、それと同時に菖蒲のスマートフォンにはメールが届く。それも二件だ。

「お仕事の邪魔をしてごめんなさい。でも、仲直りして……。え？　主犯は僕だ？　君の仕事の穴は僕が埋めるから、どうかマリウスだけは許してあげて――、フォール様？」

まさにヘリで高飛びをしたマリウスとフォールからの謝罪文だ。

メールを読み上げた瞬間、菖蒲は我が目を疑い、瞬きさえ忘れてしまう。

「ですが！　神に誓って嘘は申しておりませんっ！　ハビブ様は確かに昨夜飲みすぎて、今朝は二日酔いで——。その、そちらのテラスから、落ちられましたので……」

こうなると、二人の共犯であり、逃亡の手助けまでしただろうSPも必死だ。

すべてを嘘で固めたわけではないことだけは、訴えてくる。

だが、そんな彼を位置的に見下ろすことになってしまった菖蒲は、ふとその視線の先をベッドの奥にあるテラス窓へ向けた。

「そちらって、あれのこと？　この一階のテラス？　階段が三段くらいしかない、あそこから落ちたって……。それは足を滑らせたとか、転倒したとか、そういうことですよね⁉」

テラスの向こうに広がるのは、ドッグランを想定した青々した芝生の中庭。

しかし、ここが四階建てのハウスだとわかっているだけに、あの騒ぎで落ちたと聞けば、最低でも三階あたりを想像するだろう。が、実際は二階のテラスでさえなかった。

「申し訳ございません！　いかなる罰も私がお受けします。なので、どうかマリウス様だけはお許しを！　そして、どうかハビブ様とお仲直りを！　そうでないと、マリウス様が。日増しに元気がなくなられて……。それでフォール様も、このようなことを……」

——とはいえ。子供を盾に言い訳をされたら、菖蒲も鬼にはなりきれない。

そうでなくても、マリウスは幾度となく菖蒲にハビブとの仲直りを願ってきた。

そもそもどうしていきなり別れる羽目になったのかもわからないだろう。すべてを仕事の一言で納得しろ、理解しろと言われたところで、マリウスにとっては青天《せいてん》の霹靂《へきれき》だ。

しかも、ハビブからは「菖蒲がいなければ死んじゃう」などと聞いていたらしい。その上での、この転倒だ。一瞬くらいは、本当に死んでしまうかもしれないと恐怖で小さな胸を痛めたかもしれない。

「……それは、すみません。私が……。申し訳ありません」

菖蒲は、これはこれで想像がついて、逆に謝ってしまった。

だが、そんな菖蒲をハビブが押し退ける。

「馬鹿を言え！　甘えるな。それはそれで、これはこれだ。マリウスはともかく、フォールやお前はいい大人なんだから、人のことには首を突っ込まず、自分の仕事だけしておけよ。こういうときこそ、大きな仕事が舞い込んだからって、朝から飛び出していったクレイグを見習え！　仕事に徹しろ!!」

(え!?)

そう言われたら、クレイグがいなかった。

しかし、問題はそこではない。

「――!!　申し訳ございません。かしこまりました」

SPはさらに謝罪し、額を床に擦りつけると、一目散に部屋を出て行った。

菖蒲は、昨夜に勝るとも劣らないほどの怒りに満ちたハビブと二人きりで残されてしまう。

「すまない。俺がだらしないばかりに、こんなことになって。仕事中だったんだろう。すぐに送らせるから」

ただ、今日に限ってハビブは、菖蒲に動揺する暇さえ与えない。

それどころか、今にももう一台ヘリを手配しそうな勢いだ。

「――いいえ。大丈夫です。仕事は仲間やスタッフたちが任せろと言ってくれました。実際、任せて大丈夫な状態ですし……。あ、でも、先にメールだけさせてください。みんな、ハビブ様の状態を心配されていると思うので」

菖蒲は、とにかくいったん落ち着きたくて、先に大和や高見沢、中尾といった面々に、一斉メールを打って送らせてもらった。

そして、ハビブの無事を伝えると同時に、今しばらく時間がほしいという一文も添える。

「そうなのか。何から何まで悪いな。けど、思ったより早々に、いい方向に向かってるんだな。シャトー・ブランは」

ハビブは気にする素振りもなく、むしろ菖蒲のスマートフォンからは視線を逸らしていた。

「はい。もともとお客様に対する気持ちだけは星五つなスタッフばかりでしたので。自身の技術不足を自覚すれば、あとは持ち前の向上心で――。自主的に練習も始めてくれましたし」

「そうか。そりゃ、月も綺麗に見えるわけだな」

ふっと笑ったかと思うと、菖蒲自身からも目を逸らして、テラス窓の外へ視線をやる。

今は太陽が支配する時間。空にあるのは愛の言葉にたとえられた月はなく、ハビブが菖蒲への愛を誓った神そのものだ。

だが、それを踏まえてなお、菖蒲は思いきって口にした。

「そうですね。けど、私の目にハビブ様以上に綺麗に見える、綺麗に感じる存在は何一つありませんので」

「――!?」

そうしてベッドから立つと、改めて身体を二つに折った。

「申し訳ありませんでした。これまでのことといい、マリウス様たちに余計な心配をかけてしまったことといい。すべては、私が頑なすぎた結果です。いつの間にか、心の持ちようを誤って。保身ばかりに走って、ハビブ様とハビブ様を思う気持ちから逃げていました」

「菖蒲?」

突然の謝罪というよりは、告白に驚いて、ハビブが視線を菖蒲へ戻した。

宝石のようなブルーの瞳が、顔を上げた菖蒲の姿をくっきりと映す。

「いつの間にか好きになっていました。とても、愛していました。でも、ハビブ様はあまりに違う世界に生まれ育った方ですし――、これまでのお相手も、私とはかけ離れた方ばかりだし。何より、いずれはお子様を必要とされる方。そのためにハーレムもあって――。私にはこれらを受け入れて、心から愛して、ハビブ様のお側で務めることは無理だと思いました」

ゆっくりとではあるが、菖蒲は今こそ胸の内を口にした。

「次第に嫉妬も強くなるし……。このままでは、自分にとっても唯一の誇りである香山の仕事さえきちんとこなせなくなりそうで、すでに限界を感じていました。シャトー・ブランのことがなくても、今月には離職を決めていました」

自分でも、今更何を——とは思ったが、悔いを残さないためだった。

「——でも、そんな私をハビブ様は必要としてくれて。それどころか、プロポーズまでしてくれて。本当なら、素直に喜ぶべきなんでしょうけど。私は、心から喜べませんでした。ハビブ様の普通が何もかも私には非凡すぎて。別世界すぎて——。それなのに、ハビブ様がなおも私を求めてくださり、甘やかそうとするので、このままでは取り返しのつかない要求を口にしそうだったからです」

ある日突然命が潰《つい》えてしまってからでは、間に合わない。

それを今日ほど実感したことがなかったためだ。

「強欲なだけの人間になりそうで、怖かったんです。でも、人としての一線だけは守りたくて、一生……ご縁をなくす覚悟で、私はあの朝、ここから去りました。ただ、改めて感じたジェロームの死は、そしてマリウス様やフォール様の必死で大げさな作り話は、結局私にとって何が一番大事で優先すべきことなのかを、明確にしてくれて……」

菖蒲は、せめて嘘偽りのない気持ちで、ハビブに謝罪がしたかった。

「すべてが遅い。終わったあとだということは、わかっています。それこそ今ハビブ様が言ったように、それはそれで、これはこれです。本当に、お心を乱し、嫌な気持ちにばかりさせてしまって、申し訳ありませんでした」

彼が自分を許すか許さないかは、考えていない。

ただ、自分の意固地さが招いたことに対してだけは、きちんとお詫びがしたかったのだ。

それは、ハビブに限らず、マリウスやフォール、クレイグやSPの者たちに対しても――。

「――で、結局。お前にとって、その一番大事で優先だとわかったものっていうのは、なんなんだ？

まさか、改めて告白して、説明して、謝罪して。自分だけスッキリしたからこれで失礼しますとか、言わせないぞ」

すると、ハビブはベッドから下り立ち、菖蒲の顎に手を伸ばした。

クイと持ち上げると、悩ましいほど美しい顔で、菖蒲を覗き込んでくる。

柔らかで少し癖のある金糸が、はらりと肩から胸に流れる。

しかし、その眼差しは、射貫くような鋭さで菖蒲を見つめる。

「とりあえず、本心を言え。どんなに薄汚い欲望だろうが、そんな調子のいいことあるかバーカって言われそうなことだろうが、悪魔に魂を売りやがったなってことでもいい。とにかく、洗いざらいだ。下手な誤魔化しは、もういっさいなしにだ。ほら、言ってみろ」

「それは、ハビブ様がお元気で、笑って生きてさえいらっしゃれば、もう……それだけで」

菖蒲は、何一つ嘘がつけない。誤魔化すこともできない状態で、尋問に答える。

「なんだって？」

「死んでしまったら、二度と会えなくなってしまう。こうして話すことも、怒られることさえもできなくなって。もちろん、生きていても二度と会えないかもしれないですが――。でも、死んでしまったら、再会の可能性さえ残らない。永遠に別れることになってしまいます」

何を言っても機嫌を悪くするだけかもしれないが、怒られ嫌われる覚悟はとうにできている。

「でも、そんなことになるくらいなら、ハビブ様が生きていて、これから生まれてくるであろうお子様やその母親というか奥様と幸せな家庭を作って、笑顔でいられる姿を想像できるほうが、どれだけ俺にとっても幸せなことかなって」

しかし、そんな覚悟とは裏腹に、菖蒲は熱く込み上げてくるものを感じていた。

頭では理解しようとしていても、未だに感情が追いついてこない。

そんな、どうしようもない熱を――。

「いや、それが結局自己満足ってやつなんじゃないのか？　自分が一番居心地のいいところに落としどころを持っていっただけで、俺に対してなんの本心もぶつけてないだろう」

ハビブが呆れたように言い放つ。

「――!?」

「そもそも俺は危篤でもなんでもない。それなのにどうして二度と会えない、会わない前提で、よかった探しをしてるんだ。少なくとも、お前。昨夜の月の話は勘違いだ、大和とは何もないって誤解を解いて。その上で〝じつは前から〟なんて告白すればいいだろう。自身の頑なさは謝罪しているんだから……。どうしたら、今更遅いだの終わった話だのって決めつけてかかる？　普通はここまできたらよりを戻してとか、あなたのもとに帰りたいとか、やっぱりあなたが好き、とかになるだろう？　俺の元気や笑顔の前に、俺そのものが一番大事だから側にいようとか、自分が幸せにしてやろうとか思わないのか？　これのほうが一般的かつ凡人的な発想だろう。俺からしたら、お前のその思考のほうが異世界だぞ」

菖蒲の顎をすくう手に力が籠もり、さらにグイと引き寄せられた。

ずっと握り締めていたスマートフォンを落とす。

「ハビブ様」

「どうなんだ」

まるで、これが最後の問いかけだと言わんばかりに、ハビブは菖蒲から手を引いた。

一瞬でも側に寄ったぶん、強く離された気がして、菖蒲は思わず彼の胸元を摑みにいく。

「……ど、どのような処遇でも構いません。お許しいただけるなら、もう一度……。もう一度、ハビブ様の側に置いてください！」

先のことなど考えず、心の奥底から欲求を吐き出した。

「そうやって俺に決めさせるな。側ってなんだ？　給仕長か秘書か世話役か」

「全部です！　給仕長も秘書も世話役も。結婚相手としてのパートナーも、全部の側に置いてください！」

まだ足りないと責められて、ありったけの思いを言葉に代えて、自分から身を寄せていく。

「一緒に……。一緒に……。生まれてくる赤ちゃんやそのお母さんも大事にします。ちゃんと愛します！　だから……。どうかハビブ様の側に、一番側に置いて愛してください!!」

愛だけではなく、嫉妬も何も露わにされて、菖蒲は肩を竦ませる。

まるで懺悔《ざんげ》でもするかのように、彼の胸元に顔を伏せて、菖蒲はハビブに愛をねだる。

「よし！　上等だ。そうでなくちゃ、今になって一夫一妻を誓った俺が、神に笑われる」

「――⁉」

するとハビブが、この瞬間を待っていたとばかりに鼻で笑った。

態度だけを見るなら、とても高飛車なのに、胸がキュンとなる。

「なあ、そうだろう。菖蒲」

息が止まるかと思うほど力強く抱き締めてから、唇を強く押し当てられる。

「んっ……、っ」

先日とはまるで違う荒々しさに、菖蒲は戸惑うよりも悦びを覚えた。

唇を、歯列をこじ開けてくる彼の舌が、戸惑う舌を絡め取る。

呼吸さえもままならないのに、その苦しささえ悦びに思える。

（ハビブ様……、好きっ）

大胆に押しつけ返す自分に驚くも、黒服の上着から脱がされることに抵抗がない。

むしろ、それを足下に落とされ抱き上げられると、これまで押し殺してきた欲望に期待が湧き起こった。

（……このまま、地獄に堕とされても後悔しない）

菖蒲は自らハビブの首に両腕を回して、その金糸に顔を埋める。

ベッドにさえ放り出されたくなくて、彼を抱き締めたまま一緒に倒れ込む。

「なんだ……。そんなに俺が欲しかったのか」

「っ……、はいっ」

「いきなり素直になるな……っ。俺のほうが……、煽《あお》られる」

身体の上に感じるハビブの重ささえ、蠢きさえ、今は心地好いだけの快感だ。

どんなに荒く衣類を剝がれ、露わにされた肌を貪られても、湧き起こる感情のすべてが悦びで震える。身も心も歓喜で満ち溢れて、どうしていいのかさえも、わからない。

「……っ、だって」

ただ、自分ばかりが脱がされ、肌を晒され、ハビブのそれに触れられないのは不満だった。

素直に欲しいと認めたのだから、全部欲しい――と、驚くばかりの欲求が込み上げる。

それが、自然と手足の動きに表れ、いつしかハビブの胸元を大胆に開いていた。

「ぁっ……っ」

素肌と素肌が重なる予感に震え、触れても震え。菖蒲はこれまで以上にハビブを己の肉体で感じると、そのたびに四肢を震わせた。

それを堪え、また伝えるように彼の背に腕を回すと、見た目よりも胸板が厚いのに気付く。

自分の腕が細くて、また華奢《きやしや》なのが、恥ずかしくなった。

「駄目だな……っ。やっぱり、上手く……抑えきれない。最初より我慢できなくて酷くするかもしれないが、許せよ」

すると、菖蒲が見せたちょっとした恥じらいに、ハビブの息が上がった。

突然、青い果実を囓《かじ》るように、胸の突起に歯を立てられる。

「ひっ……っ、あっんっ」

痛い——と、声が漏れるも、恥ずかしくなるほどいやらしい声だった。

ましてや、突起した胸の一点で、彼の濡れた舌先の動きをじっくりと感じるなんて、いっそう淫《みだ》らな気持ちになる。

(どうしよう……っ。これって気持ちがいいってこと？　嫌じゃないから、いいのかな？)

クチュックチュと愛される淫靡な音が鼓膜まで届く。

菖蒲はそのたびに爪先でシーツを蹴《け》り、ハビブの背を摑んだ。

彼のなだらかな肌に、くっきりと浮かぶ背骨の形までもが、不思議な優越感や快感をくれる。

(あ……。でも……っ。感じる……)

次第にハビブ自身の強張りが増すのを腿《もも》で感じて、菖蒲自身も膨らみが増した。

(早く……、……たい)

強まるばかりの本能のままに、自分で扱き出したくなってくる。

だが、ハビブが顔を上げたのは、そんなときだ。

「そう、せがむな……。嬉しくて、暴走する。そうでなくても自分からは……」

クスっと笑いながら、外耳にキスをされた。

(——え？　するのに、慣れてない……？)

考えてもみなかったことを言われて、一瞬だけ両目を見開き、彼を見上げる。

「どういうわけかフラれ続けて、一度もイエスと言ってもらったことがないからな」

こうして自分から抱いたのは正真正銘、菖蒲――お前が初めてだ。

そう告げられて驚くと同時に、菖蒲は下肢の欲望を握り込まれて、「ひゃっ」と声を上げた。

自分より一回り以上大きな掌が、二人の欲望を重ね合わせて、同時に扱き始めた。

「やっ――っ」

互いの欲望が擦れながら包み込まれる快感は、思いのほか強くて深い。

「思春期に入ったときには、用意されていたハーレムなんて、そんなものだ。確かに洗顔するのと、なんら変わらない。毎朝菖蒲に怒られながら、上掛けを剝がされるほうが、どれだけ興奮したかわからない……っ」

もはや、部分的に感じているのか、全身で感じているのかさえ、わからなくなってくる。

(……嘘っ……っ。絶対に、嘘っ。ハビブ様が……こんなこと……言うはずな――っ)

ただ、心にも身体にもハビブが送り込んでくる快感が大きすぎて、自分が一気に絶頂へと上り詰めてしまったことだけはわかった。

呼吸と肢体の動きが激しくなったと同時に、菖蒲はハビブの手中で白濁を放つ。

しかも、同時に自分以外の男が脈打つのを感じて、全身が一気に火照った。

――熱い。

「跪いて、愛をねだった甲斐はある。そうして初めて得た恋人が、こんなに愛しく……。それでいて、俺自身を掻き立てる存在になるとは……、思わなかった」

息も絶え絶えだというのに、わざとらしく「チュッ」と唇にキスをされて、絶頂の果てには何があるのかだろうか？　と、不安さえ起こる。

「愛してる――。俺の菖蒲」

恐ろしいほどの快感とは、案外天国より地獄に近いのかもしれない。

(――ずるいっ。そんな言い方……、卑怯っ。幸せすぎて、気持ちよすぎて、苦しい――)

すでに、抑えきれない、我慢できないと口走っていたハビブは、その言葉どおり愛撫もそこそこに菖蒲の脚の付け根を探ってきた。

その手には、たった今菖蒲から絞り出した白濁が握られており、それを塗り込むようにして密部を探ってくる。

彼から触れられる部分が熱くて、とても心地好い。

たとえどこを、どんなふうに弄られても、もっと――もっとしてほしいと、細い腰がくねる。

「あん……、っ」

だが、その濡れた指先が秘所を弄《まさぐ》ったのは、ほんのわずかな一瞬だけだ。

すぐにそこにはハビブ自身が当てられ、大きくて激しい痛みとともに二つの身体を繋がれる。

「――あ、っ。ハビブさ……っ」

やはりここは天国というよりは地獄かもしれない。

裂かれるような傷みと至福や快楽が混在する世界など、他には思い当たらない。

「菖蒲が気持ちいい……。何をするにも、ずっと側にいたくなる」

(も……っ。無理っ……。壊れる)

ハビブが己の欲望に忠実になればなるほど、熱砂よりも熱い欲望に焦がされる。

それなのに、身体の奥、心の底では、これまでに感じたことのない最愛を感じる。

「なんだか、今なら砂の数だけ愛してるって言えそうだ」

(嬉しすぎて、好きすぎて……、身体も気持ちも……持たない)

菖蒲は、今この瞬間に感じる愛を、彼を離したくなくて、背に回した両腕にいっそう力を込めた。

また自分からの愛を、恋を伝えたくて、幾度も抱き直すようにしながら唇を合わせる。

「俺をこんな気持ちにさせて……。菖蒲……っ。一生、責任を取れよ」

(――無理っ)

そうして無我夢中で抱き合い、求め合って、同じ時間が流れていくのを全身で感じた。

菖蒲がハビブの背にできた爪痕に気付いたのは、太陽が真上を通り過ぎてからだった。


天蓋付きのクイーンベッドの中。全身が痛く気怠く感じたが、菖蒲はハビブの腕の中にいた。

カーテンが閉じられているとはいえ、素材はレースだ。テラス窓から差し込む日差しは、強くなるばかりで、それを受けるハビブの金糸はいっそう煌めいて見える。

「生まれてくる子供より自分を一番愛せって……。まさに、菖蒲の中では〝人でなし発言〟なんだろうな。けど、それが俺には心地いい。最高に愛されている気がして幸せだ」

「……」

改めて言葉にされると、菖蒲の胸が痛んだ。

これこそが本心だという自覚があるだけに、至福に浸る余韻さえ消える。

「けど、だからこそ、この幸せはお前と共有しないといけない。こうして身も心も素っ裸な菖蒲のことはずっと見ていたいが、こればかりはけじめだ」

だが、そんな菖蒲の髪を撫でながら、ハビブが「実は」と切り出した。

「え⁉　次男様のお子なんですか？」

「そう。半年以上も添い寝さえしていない相手を妊娠させるのは、さすがに俺でも不可能だ。だが、そうなるとハーレムに出入りしていた男は菖蒲だけってことになる。それで、まずは女に聞いて父親を確かめないとと思って、慌てて帰国をしたんだ」

「――俺、いえ……、私は疑われていたんですか⁉」

衝撃的すぎて、思わず身体を起こしてしまった。

「いや、お前に限って絶対それはない。けど、万が一、菖蒲が知らないうちに一服盛られて、乗っかられて……とか、最悪な可能性も脳裏をよぎったから。ただ、帰宅してみたら、兄のほうから自首してきた。数ヶ月前から、俺のことを彼女たちと相談するうちに、こういうことになってしまった。全部自分が悪いから女たちは責めるな、罪には問うな、頼むって。いや、待て。それって全員に手を出したってことなのかよ⁉　って、オチだったけどな」

内容が内容すぎて、菖蒲は蒼白《そうはく》になる。

（オチって……。しかも、次男様……全員って……）

何せ、ハビブは頭から「ない」と信じた上で、さらっと言ってくれた。

しかし、本来ならこれは容疑をかけられただけでも、拘束されて処罰されそうな大罪だ。

仮にハビブではなく、彼の親族が菖蒲に疑いを持ったとしても、冤罪《えんざい》上等でむち打ちくらいはされるかもしれない。女性たちも、どうなることか。このあたりは、日本の価値観や法律とはまったく異なる世界だ。菖蒲は、想像しただけで、血が凍りそうだった。

「けど、それならもう、この妊娠騒ぎの始末は自分たちでつけてくれって投げてきた。実はこのハーレムの所有者は兄だったたってことにしていいし。俺は今、本気で菖蒲を口説いてるんだから、邪魔をするなって言って」

ただ、今回に関しては、菖蒲も救われたが、一番救われたのは次男であり女性たちだろう。

いくらハビブが人道的でも、気持ちが菖蒲になければ、もう少し怒っているはずだ。

その少しが、そもそも桁違いで、菖蒲には想像もできないが——。

いずれにしても、ハビブが菖蒲を信じてくれたことに変わりない。菖蒲はその場でちょこんと正座して頭を下げる。

「……すみません。私のことまで含めて大変なことになっていたなんて。でも、添い寝もしていないって？　週に数度は通われていましたよね？」

とはいえ、それはそれでこれはこれだった。

菖蒲はつい聞いてしまう。

「そりゃ、そうでもしないと菖蒲を襲いかねないだろう。それに、あそこへ行くとその気が失せるから、ちょうどよかったんだ」

「その気が……、失せる⁉」

「これでも好きな相手がいるときの俺の欲求は正直なんだ。だから、誰かに惹かれ始めると、ハーレムでは反応しなくなるから、すぐにバレる」

すると、さらに思いがけない回答に、菖蒲は息を呑む。

「相手は誰なんだ、と問い詰められた。菖蒲だと言ったら、やっとまともな相手！　菖蒲なら応援するから背水《はいすい》の陣《じん》で頑張ってって、いきなり盛り上がられた。しかも、共働きとかっていうシステム前提でプロポーズの準備をして、その前にハーレムも解散しないと上手くいかないだろう、とか……。なんだそれはって聞いたら、日本は一夫一妻だし、仕事が命って相手からそれを取り上げようとしたら、即日サヨナラされるって脅されて。あと、菖蒲は派遣契約中だから、事務所にも断りを入れたほうがいい。ここで礼儀や順序を欠いたら絶望的だからとか、あれこれと――」

どうやらここのところ加速がかっていた彼女たちからの〝お世話丸投げ〟には、意味があったようだ。もしかしたら、気遣い？　だったのかもしれない。

「……事務所に断りって……。香山にですか？」

「ああ。菖蒲とどうにかなりたいなら、ますは雇い主にお伺いを立てろ、と。間違っても、気に入ったから連れてきたのレベルで無理強いをしたら、ふざけるなってことで、また近隣諸国から攻撃されるぞって話だ。まあ、前科があるからな、俺は」

「あ……、はい」

しかも、これには菖蒲も口ごもった。

何せ、推定十代のハビブが日本に来た際、サービスに入った香山に一目惚れをした。

その日のうちに拉致《らち》して自国へ連れ攫《さら》い、事務所や友人知人がぶっちぎれ。結果、世界中の香山御用達セレブから糾弾《きゅうだん》されて解放する羽目になった話は、都市伝説のようだが実話だ。

ハビブを見ていれば、こいつならやりかねない!! と、菖蒲でさえ思うからだ。

「それで、事前相談はしたんだよ。で、香山は〝菖蒲が同意するなら、個人的なことには口を挟まない。職場恋愛も禁じていない〟って言うから、プロポーズしてようやくと思ったのに……。しかも、菖蒲が飛び出していったすぐあとに電話があって、あれほど言ったのに無理強いしやがったな、覚悟しろって……。香山を落ち着かせるのも大変で」

「か、香山社長に……、全部知られてるんですか⁉」

――とはいえ、出てくるのは菖蒲にとっては衝撃的かつ、気まずいばかり話だ。

「あの朝の電話、香山からだったんだろう。仕事の話をするつもりが、いきなり泣きながら謝られたって。仕事でのミスで泣くだの辞めるだの言うタイプじゃないから、もう俺しか原因が思いあたらない。二度とお前のところに大事な登録員は向かわせないし、すぐにでも殴りに行くから待っとけまで言われて、本当に宮殿まで来たんだ。それも代理で中津川が！」

これも自業自得の部類なのかもしれないが、菖蒲は今になって、あのとき香山が電話を代わった理由がわかった。

みんなが「自主的な登録解除はおかしい」と言い出す前に、香山はハビブから相談を受けていた。

菖蒲が〝シャトー・ブラン〟を理由に連絡したときには、ハビブとのことも推測していたのだろう。

「専務が⁉」

「ああ。――契約の強制終了となる違反行為はお互い様ですが、会社が受け取った仲介料は、耳を揃えて返してこいと社長が申しますので、こちらにお持ちしました。ただし、私の独断で菖蒲への慰謝料は差し引かせていただきましたので、異議があるなら、どうぞ国際弁護士を通してお手続きを。いくらでも受けて立ちますので――。そう言って、笑顔で小切手を突きつける中津川の不気味さがわかるか？　あれはもう、怖いとか恐ろしいとかって域じゃないぞ」

だが、それでもハビブからすると、一番怖いのは社長の香山ではないらしい。

気合いの入った中津川のものまねと笑顔に、菖蒲はますます身体を縮こまらせた。

「俺は、少なくとも同意を得てからやったと、本気で言い訳をさせられた。最後は、タウンハウスからずっと同行してきたＳＰが無理強いだけはしていない。同意はしていたと証言して……。ただ、菖蒲のことだから、朝になったら正気に戻った。派遣契約中なのに――と、後悔した可能性はあると言い始めて、これはこれでカオスだ。俺の周りも、けっこう失礼な奴しかいない」

これら一連のことを、日頃から温和で誠実が代名詞の専務・中津川がしたのか、ハビブにさせたのかと思うと背筋が震える。

「……申し訳ございません」

すると、今にもベソをかきそうな菖蒲の頬に、手が伸びてきた。

ハビブがゆっくりと上体を起こして、壊れ物のように抱き締めてくれたのだ。

「いや、いい。今にして思えば、俺の要領が悪すぎたんだ。最初は、自分から誘っておいて、しかも俺様が応じてやったのに、ぶん投げるとかありかよ――って気持ちがあった。骨折を理由に、腹いせにこき使っていたのも事実だ」

ただ、そこから語られたのは、やはりそうだったのか――という、真実だった。

「――けど、三日も経つと菖蒲の世話が心地好くて、心から甘えていた。そして図に乗っていくうちにインフルが流行って、しめしめと思い菖蒲にすべて任せた。けど、日を追うごとに、それでも足りなくなって……。就寝時間さえ側にいてほしい、菖蒲のすべてが欲しいとなったときに、ハーレムの女たちに気付かれた。いきなり迫っても逃げられるだけだから、相手がその気になるのを待ってからのほうがいい――協力すると言われて、彼女たちに菖蒲の俺に対する好意というか、変化を見てもらったりしたこともある」

さらには、菖蒲にわかりようもない、彼の心境の変化だった。

だが、どうしてハーレムの女性たちが、ハビブの恋に協力的でいられたのか、そこはなんとなく理解できる気がした。

おそらく彼女たちは、相手は誰でもいい、ただハビブには幸せになってほしかったのだ。

なぜなら、ハビブは自分とその家族を大切にしてくれるが、恋愛の対象にはしていない。

彼女たちはハビブに与えられていた者であり、決してハビブ自身が心を動かされて追いかけてきた者ではない。そんな自分では、彼が望む恋を与えることができない。初めからそう理解して、ハーレムで生きてきたからだ。

「俺にはよくわからない菖蒲の変化を彼女たちから聞くのは楽しかった。最近は、大分意識しているように見えるし、ハーレムに嫉妬するようになったら攻め時——とか言われて。とにかく、俺は菖蒲に引かれている時間が楽しかった。それなのに、結果としてフォールに大人げない嘘を、マリウスに必要のない嘘をつかせる羽目になったのは、俺自身がグダグダになっていたからだ。あとで謝って、でもそれ以上に、礼を言わないと」

「——ハビブ様」

ありとあらゆるものを持って生まれたがために、得られない、失うことにさえ、快感を覚えていたかもしれないハビブ。

しかし、それでも生まれて初めて手に入れた恋人には、心から喜び、無垢《むく》な笑みさえ浮かべている。

これは容姿が端麗《たんれい》というだけでは感じることのない、摩訶不思議《まかふしぎ》な彼の魅力だ。

まるで〝永遠少年〟を素でいくようで——。

菖蒲は、どうしてこうも自分が引き寄せられたのかが、今更ながらわかる気がした。

彼は人が、むしろ男性が本当なら持ち続けたいと願いながら、大人になるために手放している気持ちを、さも当然のように持ち続けているのだ。

憧れない、惹かれないわけがないのだ。

「なあ。その〝様〟はやめないか。それを聞くと奴の勝ち誇った台詞《せりふ》を思い出して、まだムカッとする。菖蒲がハーレムの話をされるのと同じくらい、きっと俺はいやーな気持ちだぞ」

そう言って額にキスをしてくるハビブの金糸が、菖蒲の頬を撫でる。

「ハビブ……さ」

「まあ、俺は寛大だからな。菖蒲が慣れるまでは、我慢してやる。言いかけたら、キスで止めてやるけどな」

口ごもるうちに唇を塞がれて、菖蒲はゆっくりと瞼を閉じる。

（でも、それだと……。ずっと、キスばかりされそうなんだけど……）

これこそが、良くも悪くもだな——などと、幸せに思いながら。

＊＊＊

翌日。菖蒲はハビブとともに、シャトー・ブランから提供されたＶＩＰルームにいた。

一応けじめとして関係者の代表——この場に揃った大和、中尾、高見沢。他、本日到着したらしい香山からの応援メンバー三名に対し、「いろいろとお騒がせしました」と謝罪をする一方で、二人の仲が落ち着いたことを報告するためだ。

「とりあえず、落ち着いたならよかったんじゃないか。うん。実際昨日の現場は大変だったけど、フロランたちがすごく張りきってくれたよ。菖蒲がいないからこそ、きちんとしようとか。遅くても三ヶ月後には、自分たちだけで、このシャトー・ブランを回していかないといけないんだからって、とても頑張ってくれた。何より香山社長も、一緒に様子を見ますよって言ってくれたしね」

すると、月が曇《くも》ったたまま菖蒲への思いは諦めざるを得なかったらしい大和からは、覇気に満ちた答えが返ってきた。

思いがけないことが続きはしたが、結果としてはフロランを初めとするスタッフたちには、いい刺激かつ奮起剤になったようだ。

このあたりは、高見沢や中尾のフォローもそうとうあったらしいが――。

いずれにしても、前向きだ。多少はホテルの仕事そのものにも、興味が出てきたようにも見える。

(香山社長が……。一緒に……。嘘だ……)

ただ、それはさておき、本日の問題は他にあった。

菖蒲としてはありえないことで、全身が震える。

なんと、ハビブのもとに中津川を送り込んだだけでは納得がいかなかったのだろう。香山社長が、「菖蒲の応援」を理由に、自ら響一《きよういち》、響也《きようや》という甥っ子二人(現在の香山TFトップとナンバーツー)連れて、ここまでやってきた。東京にいてさえ、社長とナンバースリーまでが一同に揃うことなど滅多にないのに、よりにもよってこの地――フランスで顔を揃えたのだ。

どうりでハビブが大人しいわけだ。菖蒲の隣で愛想笑いこそすれど、一言も口をきかない。

完全に自身の存在を消しにかかっているほどだ。

しかも、こうなると菖蒲にとって一番怖いのは、ここまで香山のメンバーが揃って、ホテルの様子見た上で、「これは無理だ」とさじを投げられることだ。世の中には、努力ややる気だけでは補えないものもあると言われてしまった日には、シャトー・ブランに五つ星の未来はない。

大和は香山本人が来たことで安心したようだが、それはそれでこれはこれだ。

だが、こうなったら腹を据えるしかない。

菖蒲は、今になって、ありとあらゆる恐怖に苛まれながらも、香山に胸の内を明かす。

「本当に、本当に申し訳ありませんでした。きちんと話し合った結果、ハビブと結婚……することになりました。でも、それでもまだ俺は、香山の一員でいたいです。シャトー・ブランの立て直しも設定期間どおり続けて、きちんと五つ星になるのを見届けたいです。我が儘だということはわかっているのですが、どうか許していただけるなら――。このまま働かせてください！」

身体が二つに折れるかと思うほど、頭も下げた。

「それは、言うまでもなく大歓迎だよ。うちは登録員を派遣してなんぼなんだから。辞めますなんて言われるよりは。ねえ、高見沢」

すると、香山は思いのほか上機嫌で、菖蒲の思いを受け止めてくれた。

すでに多方面から話は耳にしていたのだろうが、本人から面と向かって続ける意思が確認できたことで、スッキリしたようだ。

しかも、登録員を派遣してなんぼ――は、紛れもない事実だ。聞くところによれば、すでにハビブからはお騒がせ代に加えて、なぜか菖蒲の結納金《ゆいのうきん》まで納められたらしいが――。

「そりゃあ、ヘッドハンドされて断れませんとかって言われるよりはねぇ。中尾さん！」

「どうして巡りに巡って俺にくるんだよ！　そうじゃなくても、昨日は菖蒲の穴埋めに来ましたって言って現れたフォール氏の対応に心血注いで、ふらふらのヘロヘロだったのに！」

ただ、ここへきてさらに被害者がいたことに気付くと、菖蒲はハッとして顔を上げた。

「そこは仕方がないでしょう。俺は別の部屋を担当していたし、中尾さんほどの歴もまだないので、欧州のホテル王に指示なんか出せませんからね〜。しかも〝足手まといでごめん〟とか謝られたんでしたっけ？　いやー、すごいな〜っ。あっはっはっ」

「笑いごとじゃない！　俺の身になれ‼　その話をフォール氏から松平社長にまでされたんだぞ！　でもって、昨夜は社長からまで連絡がきて——。胃が痛いったらないのに！」

「本当にごめんなさい！　せっかく手伝いに来てくれたのに、俺のために……」

あれきり忘れていたが、確かにフォールからのメールには〝菖蒲の穴は埋める〟とあった。

それがどういう意味なのかまで考える余地もなかったが、現場の手伝いにとなったら、それは誰もがパニックだろう。他社の人？　くらいの認識しかないフロランたちならわからないが、フォールをよく知る高見沢や中尾からしたら、さぞその場から逃げたかっただろう。

しかし、ただでは転ばないのが、この中尾だ。

「そう思うなら、菖蒲の結婚式はうちでやれよ」

「え？」

「もう、世界中のＶＩＰが来るような結婚披露宴になるんだろうから、せめてうちでやって稼がせろ！　それこそ営業にも社長にもでかい顔ができる。当然、あの日俺を見捨てた高見沢や、遠隔でそれを指示していたっぽい香山社長も協力してくれるだろうし。当日は可愛い菖蒲のために、香山からも山ほど派遣してもらって、俺は国内のホテル業界に伝説を作る！　いいか、約束したからな！」

目の前にハビブもいるのに、言いたい放題だ。さすがは香山社長の同期というよりは、中津川の同期。いったん開き直ったら怖いもの知らずだ。

「……え」

菖蒲は行きがかりのまま結婚披露宴を言い渡されて、指切りげんまんまでされてしまった。

こうなると、ハビブとの結婚披露宴は赤坂プレジデントだ。本当にやるのなら——だか。

「甘いな～、中尾さん。ハビブ氏の知り合いなんて、それこそ国賓しか来ないじゃん。伝説とかってレベルじゃないよ。そもそも招待客の人数からして、赤坂プレジデントの大広間に入りきるの？」

「まあ、多少の夢は見てもいいじゃん？　確かに、あのフォール氏が黒服着てお手伝いとか、ハゲるくらいストレスだっただろうしさ」

それでも常に物事を冷静に見ている者たちはいる。

中尾の暴走にクスクス笑う香山と高見沢を尻目に、溜め息をつく響也と響一だ。

「それにしても、菖蒲さんとハビブ氏が結婚するのか。まさかキング・オブ・アラブの口から〝共働き〟って言葉を聞く日がくるとは思わなかったよね」

「うん。でも、聞けばハビブ氏はそもそも働き者が好きみたいなところがあるっぽいし、菖蒲さんが公認で仕事仕事～ってできる時間があるのは、ちょうどいいのかもよ」

しかも、二人が歯に衣《きぬ》を着せぬ話を始めたときだった。ピンポーンとチャイムが鳴った。

菖蒲が「はい」と扉を開けに行くと、犬猫ファミリーがマリウスを筆頭に雪崩《なだ》れ込んでくる。

それこそ、ドドドド——だ。

（ひっ！）

「わーいわーい！　聞いたよ、菖蒲ちゃん。ハビブと結婚するんだって！　これでみんな仲良しだね！　あ〜。ホッとしたね、いーちゃん」

「ばうっ」

「嬉しいね、めーちゃん」

「にゃ〜ん」

保護者であるフォールとクレイグ、そしてＳＰたちは、最後に苦笑交じりで入ってきた。

さすがに大小十六匹が初見の香山たちは、この迫力にたじろいでいる。

「あ！　魁パパと桜ちゃんにもお知らせしたからね！　お祝いしなきゃ〜って言ってたからね！」

だが、それでもマリウスの笑顔に敵《かな》うものがない。菖蒲とハビブは「わーいわーい」でマリウスや犬猫たちに囲まれ、周囲をクルクル回られると、プッと噴き出し、微笑むしかなかった。

（でも、招待客には当然この子たちも入りますよ——って言えば、さすがに中尾先輩も諦めるか）

——などと、思いながら。

（え⁉）

こっそりハビブに手を繋がれ、極上な微笑みを向けられながら——。

あとがき

こんにちは、日向《ひゅうが》です。

本書をお手にとっていただきまして、誠にありがとうございます。

明神翼《みょうじんつばさ》先生の綺羅で素敵なキャラクターと世界観で書かせていただいている香山配膳《かやまはいぜん》シリーズも、第七弾となりました。今回は第五弾の「豪華客船」に登場したメンバーの約一年後、プラス新たに生まれた仔わんにゃんで書かせていただきましたが、いかがなものでしたでしょうか？

――ふふふ。ここから若干、暴走するかもですが、私はとても楽しかったです。何せ、ヘタレ攻め（ただし、稼ぐイケメンに限る！）好きな私にとって、ハビブはとんでもなくご馳走です。まるでバブル時代の生き残りみたいな散財具合や友情に熱すぎるいい人ぶりもさることながら、それに加えてアラブセレブなのに、それらしいことをほとんどしないんですよ！

そもそも攻めがアラブなのに舞台がフランスで、受けを攫わない、砂漠の中の追いかけっこもない、毒蛇やサソリに襲われることもない！

その上、家督相続でもめる兄弟も出てこないどころか、無理矢理なエッチ展開もモブたちにどうにかされることもまったくない!!　強いて言うなら自信家で勘違い野郎ですが、大したほどでもありません。

かつてこれほど王道外しなアラブがあったでしょうか!? というくらい、ヘタレアラブなわけですよ。ハビブは！

でも、シリーズが香山——それも真面目な菖蒲《あやめ》ちゃん相手だから仕方がないよね。郷には入れば郷に従えってことで、香山登録員にアラブルールは通じない上に、ちびっ子わんにゃんファーストでは、鉄板アラブ王らしいことはできないから、こうなるしかないよね。ぷぷぷ（笑）。

ということで、本書はページオーバーで削ったり、ヘタレすぎて自主規制で書き直したりと、普段より四割増しくらい時間がかかってしまいましたが、こうして無事にゴールすることができました。（お仕事シーンやヘタレ調整をしてくださった担当様にも感謝です！） しかも、書き終えるまでまったくアラブとしては蛇の道を進んでいたことに気づきもしなかったのですが、そのぶん我が道を邁進できたようにも思います。

——なんて、相も変わらずけしからん私ですが、こうして読んでいただけて本当に嬉しいです！

またクロスさんで、他のどこかで、お会いできますように——。

http://rareplan.officialblog.jp/ 日向唯稀《ゆき》

CROSS NOVELS既刊好評発売中

パパもデートに誘いなよ♡
みんなが狙っているんだから

豪華客船の夜に抱かれて

日向唯稀　Illust 明神翼

香山配膳事務所の社長に失恋した桜は、豪華客船の長期クルージング派遣に逃げ出す。

だが、とぼけた上司とリゾートバイト気分の部下にストレスがマックス。

唯一の癒しはVIP乗船客・天使なお子様のマリウスだが、鋼鉄のイメージの父親・八神にはいつも恐縮してしまう。

そんな時、セレブ三人組の暇つぶしラブゲームの標的にされ、そこへ八神までが参戦!?　恋愛禁止のクルーなのに、四人のイイ男に口説かれまくって!?

『夜に抱かれて』シリーズ・クルージング編

CROSS NOVELSをお買い上げいただき
ありがとうございます。
この本を読んだご意見・ご感想をお寄せください。
〒110-8625
東京都台東区東上野2-8-7　笠倉出版社
CROSS NOVELS 編集部
「日向唯稀先生」係／「明神 翼先生」係

CROSS NOVELS

誓約の夜に抱かれて

著者
日向唯稀

2019年9月23日　初版発行　検印廃止

発行者　笠倉伸夫
発行所　株式会社　笠倉出版社
〒110-8625　東京都台東区東上野2-8-7　笠倉ビル
[営業]TEL　0120-984-164
FAX　03-4355-1109
[編集]TEL　03-4355-1103
FAX　03-5846-3493
http://www.kasakura.co.jp/
振替口座　00130-9-75686
印刷　株式会社　光邦
装丁　磯部亜希
ISBN　978-4-7730-8998-1
Printed in Japan